千のスキルを持つ男

A man with a thousand skills 1000

異世界で召喚獣はじめました！

3

長野文三郎
画 新堂アラタ
Written by Bunzaburou Nagano
Illustration by Arata Shindo

キャラクター

Character

◆ A man with a thousand skills ◆

Hinoharu Kouta

◆ 日野春公太

手違いで召喚獣として異世界に召喚されたサラリーマン。召喚されるたびに新たなスキルを得ることができる。

Kurara

◆ クララ

エッパベルクの領主を務める女性騎士爵。王都で軍務に参加する際の従者として公太を雇っている。

serapheim

◆ セラフェイム

公太を異世界に召喚した存在。その正体は時空神に仕える大天使と言われている。

Yoshioka Akito

◆ 吉岡秋人

公太の後輩。オタク趣味を持っていて、異世界に憧れて公太と一緒に召喚獣を始める。

Fiene

◆ フィーネ

元狩人の少女。王都への旅の途中で公太たちと出会い、クララの従者となった。

Juliana

◆ ユリアーナ

グローセルの聖女と呼ばれるツェベライ伯爵家の令嬢。公太に思いを寄せている。

あらすじ
Outline

◆ A man with a thousand skills ◆

日野春公太は、突如召喚された異世界で化け蜘蛛に襲われていたリアを助けると、自身を召喚したセラフェイムの依頼で召喚獣になることに。日本と異世界での生活を満喫していたある日、領主のクララに従者になって欲しいと頼まれる。最初は渋っていた公太だったが、クララの人柄に惹かれ、従者として一緒に王都に向かうことを決意。こうして公太と同じ召喚獣になった吉岡、新たにクララの従者になったフィーネたちとともに王都を目指すことに。異世界で始めたビジネスのやりがい、道中の楽しい出来事などクララたちとの生活も悪くないと思い、公太は新たな人生を踏み出す。王都への旅を続ける中で同じ時を過ごし、公太とクララは距離を縮めていく。王都へ到着し、軍務についた公太たちは、グローセルの聖女ユリアーナの護衛の任を任される。だが、王都で起きた事件への聖女の関与、魅了の魔法をかけられた事が気になり調査に乗り出す。調査中にユリアーナと対面した公太は、自身にかけられた魅了の魔法を解くために決闘を申し込むと、ユリアーナの代理人である騎士に勝利。魅了の魔法は解かれたが、厄介なユリアーナに気に入られてしまうのであった。

Contents

A man with a thousand skills

Written by Bunzaburou Nagano
Illustration by Arata Shindo

第1章

episode.01

A man with a thousand skills

ユリアーナにザクセンス風の土下座をされて気分が悪くなったり、その後ぐったりしたところをクララ様の膝で癒されたりして一日が過ぎていった。結果として、気分はプラスマイナスゼロだ。いや、クララ様とのキスの分だけプラスに傾いた一日だったな。

夜になってから兵舎で吉岡《よしおか》と合流して、日本へと送還してもらった。異世界から戻ると、そこは深夜の高速バスターミナルだ。既に駅の改札は閉まっていて人の姿もあまりない。今回は二一時間を日本で過ごすことになっている。こちらでの時間を少しは進めておきたいのだ。だって、早いとこ会社を退職しないと、満足に仕入れをする時間もない。こちらの世界で辞職の話を上司にしてからまだ一二時間くらいしか経っていないのが現状だ。離婚してからだってまだ四日目だよ。ザクセンスでは一か月以上の時間が経っているのにね。もし、可能なら一週間くらいこちらで過ごした方がいいかもしれない。帰ったらクララ様に相談してみよう。考えてみれば、親に離婚の報告すらまだだった。

ザクセンス時間で一六時に送還されたので、夕飯はまだだ。俺たちはグルメ吉岡がお勧めする、深夜も営業している創作和食の居酒屋へ行った。久しぶりの生ビールが美味い！　細胞の一つ一つにしみ込んでいく感じがして身体が震えてしまった。

「向こうの世界は楽しいけど食事はこっちの方が旨いよな」

「それは言えます。やっぱり食材の豊富さですよね」

レンコン餅の揚げ出しに酒がすすむ。吉岡の頼んだ黒毛和牛のウニ巻きも旨そうだ。追加の日本酒と真鯛の煮付けを頼んで、食に関しての話題に花が咲いた。

「今度は寿司を十人前くらい握って貰って、空間収納に入れておいてください」

それはいいよな。空間収納の中なら劣化することはない。ご飯も炊きたてを入れておけば、熱々のものがいつでも取り出せる。生の魚はクララ様も抵抗があるかもしれないが、天ぷらとかなら喜んでくれるだろう。

「この舞茸の天ぷらを追加で頼んで収納しておいて欲しいです」

「俺はこっちの三色田楽がいいな」

特に木の芽味噌が最高だ。

「豆のスープはもううんざりだもんな」

「あれは地獄です。自分は最近食べていませんけどね」

ホテル暮らしの吉岡は向こうでもグルメっぷりを発揮しているようだ。

「あっちでも美味しい料理はありますが、どうしても食材の鮮度と種類に限界がありますよ。品種改良も進んでいないみたいですしね」

冷蔵庫もなければ流通も発達していない世界だ。それはいたしかたない。

「先輩の空間収納は商売に使うから、自分たちのために冷蔵庫が欲しいですよね」

問題は電気か。向こうでも家電を使えるのは魅力的だが、ソーラーパネルなどを運ぶのはかなり大変だぞ。だいたい風力でも水力でも設置場所の確保は難しい。エンジンの発電機は音がうるさくて近隣から苦情が出そうだし、ガソリンを運ぶのも一苦労だ。

「普通にクーラーボックスと保冷材でよくないか？　吉岡なら保冷剤を凍らせることもできるだろ

う？」

「ああ！　それで充分かも」

「クーラーボックスなら俺の車に積みっぱなしだぞ」

アウトドアで車中泊とかする時に使うんだよね。

「これから冷たい飲み物は保冷ボックスに入れておきましょう」

最後に鯛味噌茶漬けで〆て、それぞれの家へ帰った。久しぶりに日本の味を堪能出来て大満足だ。


翌日は、普通に出社して引継ぎを行った。上司には年末まで居てくれればいいと言われている。仕事納めまではあと五日だ。思っていたよりも早く退職できるので思わずニヤケそうになってしまった。他の課から来た助っ人はちょっと頼りない感じの人だったけど、たぶん何とかなるだろう。自由の身になるまではあとわずかだ。


自動車からとってきたクーラーボックスに保冷剤を入れ、仕事帰りに買ったケーキも入れた。これはクララ様たちへのお土産だ。自称育ち盛りのフィーネには三個買っておく。これくらい平気で食べてしまうんだよな。俺なら胃がもたれてしまう。あれだけよく食べるのに、なんであんなにちびっこなんだろう？

時計が二〇時を表示するとアラームが鳴り響き、狭間の小部屋に飛ばされた。今日のスキルは何かな。

スキル名　虚実の判定
「はい／いいえ」の二択で答えられる質問をする時、回答者が嘘を言っているか、或いは真実を述べているかがわかる。回答者が答えなかった場合は判定できない。

「ちょっと恐ろしいスキルですよね」

「うん。悪魔のスキルだ」

パッシブでなくてよかった。相手の嘘がいつでもわかってしまったら人生は過ごしにくくなると思う。人間は日常的に嘘をつく。ちょっとした見栄とか、相手を気遣ってつくこともある。嘘をついているという自覚もなく言葉にしてしまうことさえあるだろう。そんなものをいちいち判別しながら生きていくのはとんでもないストレスだ。

「悪いけど少し実験させてくれるか？　当り障りのない質問にするから」

「いいですよ」

吉岡は何気ない感じで引き受けてくれる。プライバシーを侵害しないような質問にしないとな。

「全て「はい」でお答えください。えーと、第一問。貴方の性別は男ですか？」

吉岡が男であることは一緒にスーパー銭湯に行ったことがあるから知っている。心の性別も男だろう。ペトラさんとすることをしてたもんね。

「はい、そうです」

一瞬だけ世界が明るくなったような感覚がして、答えに嘘がないことがわかった。答えが真実ならこんな感じでわかるのか。じゃあ、次は答えが「いいえ」になる質問をしてみよう。

「この部屋は日本のどこかですか？」

俺たちがいる狭間の小部屋は日本でもなければザクセンスでもない。

「はい」

今度は吉岡が答えた瞬間に周りが一瞬だけ暗くなった。嘘の時はこんな感じなのね。

「あとは、本人が事実を間違って認識している場合はどうなのかが知りたいな」

例えば、カラスの色は一般的に黒である。だけどカラスは白いと勘違いしている人に「カラスの色は白いですか？」と聞いたらどうなるのか。回答者はカラスが白いと認識しているので「はい」と答えるだろう。回答者にとってそれは正しい答えだ。だけど一般的に言えばその答えは間違っている。その時「虚実の判定」はどういったジャッジメントをくだすのだろう。これを確かめるためには吉岡が勘違いしていそうな質問をしなくてはならない。

「じゃあいくぞ……ジャンプ漫画の吹き出しには句読点がない」

「あ、自分その答え知ってます。はいですよね」

ダメだったか。こいつは俺より知識が広いからな。

「じゃあ、アンデスメロンの原産地は――」

「それも知ってます。南米じゃなくて日本です」

これもダメか。知っている知らないじゃなくて、勘違いして憶えている質問をしなくてはならないので難しいな。それなら、これはどうだろう。

「ボーリングのレーンの両サイドにある溝はガーターである」

「……はい」

おお！　世界が一瞬だけ明るくなった。だけどあの溝の呼び名はガターだ。ガーターだとストッキングとかをとめる道具になってしまう。というわけで本人が事実だと思っていれば虚実の判定もそれに準拠することがわかった。

「なかなか難しいですね。尋問とかに使えそうだけど、嘘の情報を信じていたら、こっちまでその偽情報に踊らされそうです」

それは言えるな。使うときは気を付けなくてはならないということか。


日本時間の二一時に召喚されてやってきたが、こちらはまだ昼の一三時だ。回復魔法のお陰で体力に問題はないが、ちょっと時差ボケがして頭が重い。クララ様は丁度昼食を済まされたところで、呼び出された室内にはフィーネもいた。

「コウタさん！　午前中に聖女様が来ていて大変だったんですよ」

俺の留守中にユリアーナが来ていたようだ。思わずクララ様の顔を見てしまう。

「私は近衛軍の方へ行っていたので直接会っていないのだ。エマが対応したらしい」

エマさんか。あの人は聖女好きだからな。何かやらかしてなきゃいいけど。

「エマ曹長ったら聖女様をつれて兵舎の中をいろいろ案内したそうですよ。コウタさんの使っている部屋も見せてあげたそうですから」

ストーカーに寝所へ侵入されただと？　フィーネの説明に身震いしてしまう。「ちょっと確認してきてよろしいでしょうか？」

お土産のケーキを渡すことも忘れて、駆け足で自分のベッドを確かめに行った。

一見変わったところは何もない。だけど、気をつけてみればいろいろといじった形跡がある。先ずシーツが綺麗に伸ばしてあり、毛布が真っすぐに掛けてあった。自分ではこんなに丁寧にやった覚えはない。おそらく聖女がベッドを整えていったのだろう。しかも例のフローラルな香水の匂いが強めに漂っている。この匂いを最初に意識したのは殺人の犯行現場だったな。しかも香水の匂いはシーツにとどまらず替えのシャツやコートにもついていた。移り香なんて生易しいものじゃなくて、自分の肌にこすりつけて匂いをしみ込ませたような気がする。マーキングかよ……。更に後でまとめて洗おうと思っていた洗濯物が消えていた。盗まれた？　それとも洗濯をして好感度を上げるつもりか？

……怖い。俺は聖女が怖い。

「ヒノハル殿、帰っていらしたのだな」

「うぎゃぁ！」

突然後ろから声をかけられて叫び声を上げてしまった。

「ど、どうしたのですか!?」

「エマさんか……」

俺のひきつった顔にエマさんも何事かという表情を返してくる。

「聖女様がここに来たそうですね」

「はい。兵士がどんなところに寝ているかを見たいとおっしゃられたので、ここに案内して差し上げました」

エマさんは朗らかに答える。貴女はご自分の罪に気が付いていないのですね。

「ここで何をしていたかご存知ですか？」

「いいえ。私はハンスと清掃作業員に払う賃金の計算書を作っておりましたから、ここに案内した後は仕事に戻りました」

アイツを一人にしたって!? なんという恐ろしいことを……。

「そうそう、聖女様からヒノハル殿にこれを預かっています」

エマさんが可愛くラッピングされた包みを渡してくる。匂いで中身はクッキーだとわかった。毒は入っていないと思うが、あの聖女が寄こしたものを素直に食べる気にはならない。

「エマさん……私はクッキーが食べられないのです。代わりに召しあがりませんか？」

「よろしいのですか？」

聖女が大好きなエマさんの顔が喜びに染まる。

「でも、これはヒノハル殿へのプレゼント。私が食べるわけには……」

「そうだとしても、私は食べることが出来ないのです。代わりにエマさんが召し上がった方が聖女様の心遣いを無碍にしないことになると思います」

「そういうことなら……よろこんで！」

ありがとうエマさん。そしてごめんなさい。お腹が痛くなったらラッパのマークのお薬を差し上げましょう。

◆

アンスバッハ小隊の午後の巡回は既に始まっていて、各分隊は自分たちの受け持ち地域にとっくに出かけていた。クララ様はこれからとあるお茶会に出席しなくてはならない。主催者は国軍の女将軍で白狼の異名をとる人らしい。エマさんも一緒に行くそうだ。俺たちはついて来なくていいそうなので、俺と吉岡とフィーネの三人でチームを組んで巡回をすることになった。

「夕食もビュットナー将軍の家でいただくことになっているから、先に食べておいてくれ」

「承知いたしました。ハンス君、クララ様とエマさんを頼むよ」

「お任せください」

従者としてはハンス君一人が同行する。戦闘の技量も日々向上しているし、目端もよく利く賢い子だ。安心して任せることが出来る。

南地区の駐屯所から荷物を持って借りているアパートへと向かった。巡回の前に日本から運んでききた荷物を置きに行くのだ。今夜の見回りはラインガ川のほとりで街娼の取り締まりをする。

「それで、実害はあったんですか？」

吉岡がニヤニヤしながら聞いてくる。吉岡が言っているのは聖女のことだ。

「ベッドが香水臭くなったくらいかな。あと洗濯物を盗まれた」

「うわぁ……匂いフェチかな？　とんでもないのに目をつけられましたね」

気楽にいってくれるよな。フィーネがまじまじと俺の顔を見てきた。

「なんだよ？」

「いやぁ、こう言っちゃなんだけど、クララ様にしろ聖女様にせよ、コウタさんの何処がそこまでいいのかなあと不思議に思ってしまいまして……」

フィーネは悪びれたように舌をだす。まあ特別なイケメンじゃないよな。本当にどうしてだろう？

「顔は悪くはないけど、別に美形ってわけじゃないでしょう。それを言うんならアキトさんの方が美男子だし」

それは認める。吉岡は線の細い美形だよな。

「まあ、棒術は格好いいし、魔法も使えて、いろいろ知ってるけど……。改めて考えるとけっこう優良物件だ」

「今頃気が付いたか？　でも言い方に棘があって褒められている気がしないぞ」

「あはは。だって、コウタさんって犬みたいなんだもん」

やっぱりそこに落ち着くのね。わんわん！

「フィーネ」

「はい？」

「異世界からケーキを買ってきてやったぞ。フィーネだけ三個も」

フィーネが俺の袖をつかむ。

「ごめん……コウタさんはオジサンだけどモテて当然かも」

最後まで棘は抜けなかった。


「そういえば、昨日また断罪盗賊団が出ましたよ」

俺たちが日本へ帰っている間か。

「エモーツェル神殿が襲われて、司教が聖塔に縛り付けられた状態で惨殺されたみたい」

「聖塔ってノルド教のシンボルだったよな。怖いねぇ」

ノルド教では三メートルくらいの円錐を聖塔と呼んでいる。キリスト教の十字架みたいな感じかな。

「かなりひどい殺され方をしたみたいです。詳しいことはわかりませんけど。断罪盗賊団関係の話っていつも緘口令が敷かれるんですよ。たぶん今回の被害者も悪いことをしていた人なんでしょうね」

城壁内で起こった事件なので王都警備隊の俺たちには扱うことのできない事件であり、被害者が貴族ということもあって詳しい話は中々外部に漏れてこない。

「その司教もなにか悪さをしていたのかな？」

「聞いた話では、荘園からあがる税金をかなり着服していたみたいです。それから……」

フィーネが言い淀む。

「どうした？」

「見習いの神官や巫女たちに、いろいろいけないことをしていたって……」

セクハラ以上のことをやっていたのか。

「ごめん、変なことを聞いたね」

「気にしていません。私だってもう大人ですからね」

それこそごめん。子どもにしか見えないぞ。でもフィーネの実力は認めてるけどね。そこいらの兵士ならとても敵わないと思う。

「気になるんですか先輩」

「ゴシップの類に興味はないけど、凶悪事件ともなると話は別だよ。警備隊が関わるような事態が起こらんとも限らないだろう？　ホルガーさんか、エルケさんに詳細を聞いてみようかな」

情報のプロである二人なら知っていそうだ。

俺たちは各自の部屋に荷物をしまった。少しずつアパートに生活の匂いが沁みつきだしている。こうやって、ここも俺の部屋らしくなっていくのだろう。

空間収納を整理するためにお土産のケーキをテーブルの上に出したのだが、食欲ちびっこ魔人は目ざとくそれを嗅ぎつけた。

「はあ、いい匂いがします。楽しみで気絶しそうです」

ケーキの箱をうっとりとフィーネが眺めている。巡回まではまだまだ時間がある。ちょっと早いがおやつにしてもいい時刻だ。

「先に一個だけ味見してみるか？　残りはクララ様たちと一緒に食べるんだぞ」

「はい！」

素直な返事だ。がっつくフィーネを待たせて紅茶を淹れる。どうせなら美味しく食べようぜ。

「私、コウタさんの恋人は無理だけど、妹か養女ならなってもいいなぁ」

勝手なことを言う奴だ。いきなりこんな大きな娘か？　まあフィーネは可愛いけどね。

「どれにするの？」

「いろんなのがありすぎてわかんないよぉ。どんな味か想像もつかないし」

吉岡がフィーネに味の説明をしていた。この世界でケーキと言えばパンケーキやパウンドケーキのようなものが主流だ。クリームをのせたスポンジケーキもあるにはあるが、庶民の口に入ることはない。

「この薄い緑色のやつにする」

それはピスタチオクリームのケーキだね。俺が食べたかったやつだ。二個買ってきてよかった。

紅茶を淹れながらも、断罪盗賊団のことが頭を離れなかった。大丈夫だとは思うが、クララ様が事件の捜査に関わるというケースもあり得る。やっぱり、空き時間を使って情報を仕入れておくか。

ケーキに酔いしれるフィーネを吉岡に任せ、ホルガーを捜しに河原へとやってきた。河川敷の両側には掘立小屋が立ち並び、貧しい人が大勢たむろしている。動物の皮のなめしが行われているようで物凄い臭気が漂っている。兵隊服の俺に人々は鋭い視線を向けてきた。

「旦那、ヒノハルの旦那じゃないですか」

声をかけてきた男には見覚えがあった。確か聖女の家を見張っていたホルガーの手下の一人だ。張り込み中にピーナツバターサンドとカフェオレを差し入れたことがある。

「ああ、よかった。ホルガーさんを探してたんだよ。心当たりはある？」

「呼んできましょうか？」

小遣いに一〇マルケス銅貨を手に落としてやったら、男は嬉しそうに駆けだしていった。この辺の人間にはなるべく顔と恩を売っておいたほうが便利なのだ。


子どもたちとラインガ川で水切りをしながら待っていると、一五分もしない内にホルガーが現れた。

「へへっ、誰かと思えば聖女のハートを射止めた色男の旦那じゃござんせんか」

ホルガーの物言いにげんなりしてしまう。もうそんな情報を掴んでいるのか。

「勘弁してくれよ。こっちは迷惑しているんだ」

「色男の悩みですな。どうなさいましたか今日は」

ニタニタと歯抜けの口で笑いながらホルガーは首を掻いた。河原は遮蔽物がないから風が強い。冷たい風に耳が痛くなる。

「ここは寒くて凍えそうだよ。ホルガーさん、時間があるならホットビールでも付き合わないかい」

恵比須顔のホルガーの口が更にニイッと吊り上がった。

「嬉しいねぇ。旦那のお誘いならすぐにでもお供しやしょう」

ホルガーの案内で適当な店に入ることになった。

饐《す》えた臭いのする小さな居酒屋だった。店内は薄暗く、椅子の代わりに半分に切った古いワイン樽が並んでいる。俺とホルガーは店の隅にある小さなテーブルに落ち着いた。ここからだと、店に出入りする客が自然とよく見えるのだ。情報屋というのは、迷わずにこのような席を選ぶ習性を持っているのだろう。

「ホットビールを二つだ」

注文をすると、すぐに湯気を立てるジョッキが運ばれてきた。

「女たらしの幸福に乾杯！」

本当に俺の幸福を考えてくれているのか？　俺の災難《聖女》を喜んでいる風にしか見えないぞ。

「ホルガーさんの健康に乾杯」

温かいビールのお陰で鼻からアルコールが抜けて、胸のあたりがかっと熱くなる。

「かぁっ、たまんねぇな。いや、旨いビールだ」

笑顔でビールをすすめるホルガーに釣られて俺も飲むペースが上がった。

「やっぱり寒い日はこれだよね」

ザクセンスでは店ごとにビールを仕込むから、その味は千差万別だ。この店はホルガーのお勧めだけあって汚いけどビールの味は結構いい。今度吉岡も連れてきてやろう。

「で、旦那は何を聞きたいんだい？」

「たいしたことじゃないんだ。断罪盗賊団がこれまでどんなことをしてきたのか、被害者はどんな人達だったのか。その辺のところを聞いてみたくてね」

ホルガーの小さな瞳がギラリと光った気がした。

「旦那の次の獲物は断罪盗賊団ですかい？」

「冗談はやめてくれ。そんなおっかない奴らとは関わり合いたくないよ。単にドレイスデンを騒がせている奴らがどんなものかを知りたくなっただけさ。酒の肴代わりに聞いてみたいだけだよ」

ホルガーはなおも俺の目を見つめてきたが、やがて俺が嘘をついていないと判断したようだ。

「確かに警備隊の旦那には関係のない話だな。ありゃあ近衛軍の管轄だ」

ぐびぐびとビールで喉を鳴らしながらホルガーは機嫌よく喋り出した。流石に一流の情報屋だけあって事件のことも詳しく知っていた。

「奴等がドレイスデンで活動し始めたのは去年の秋でしたな。……最初は一番新しい事件、昨日のことからお話ししましょうかね」

断罪盗賊団がエモーツェル神殿を襲ったのは昨日の深夜だったと見られている。人数は不明。犠牲者は神殿トップのクサーヴァー司教とその腹心の二人だそうだ。

「奴らが押し入ったということはそのクサーヴァーも何かやらかしてたの？」

「ええ、こいつは神に仕える神官のくせにとんでもない野郎でして」

断罪の書（断罪盗賊団が残していく罪の告発文）によると、クサーヴァーは神殿に見習いとしてやってきた少年少女に「教戒《きょうかい》」の名目でわいせつ行為をくりかえしていたそうだ。

「ひどいもんですよ。さぼり心や遊び心は肉体に悪魔がとり憑いている証拠だから、悪魔祓いを行う。そんなことを言って聖塔に縛り付け、身動きが取れないようにして犯していたらしいですぜ」

メチャクチャだな。どこぞの新興宗教の教祖だってそこまで劣悪なことはしないと思う。……俺が知らないだけで実際はしているのかな？　聞いているだけで胸がムカムカしてきた。

「いままで何人も自殺者が出ていて、悪い噂はあったんですがね……」

司教たちは聖塔に鎖で縛りつけられ、体にナイフを何本も刺されて死んでいたそうだ。どこに刺されていたか、何が切り落とされていたかの詳細は敢えて言わないでおこう。

「ため込んでいただろう金はきれいさっぱり消えていたそうですぜ。帳簿なども見当たらないから金額はわからねぇんですがね」

司教は荘園から上がる金も随分着服していたそうだ。自業自得の気もするが、犯罪を裁くべきは法であって欲しいと俺は願う。だけど、神殿は立法府と司法府の役割も担っているんだよね。法を順守しなければならない聖職者が非道を行っていたんだからどうしようもない。それに法体系はいまだ未熟なままなのがこの国の現状でもある。裁判の沙汰も金次第、権力と財力があればやりたい放題な側面はたしかにあるのだ。

「ホルガーさんは断罪盗賊団の規模をどう見る？」

「実際に押し入っている人間は多くても三〇人くらいじゃないですか？　それ以上じゃさすがに目立

ちすぎる。ばらばらに集まってくるにしたって、その数が限界でしょう」

小隊規模か。あり得る話だ。城壁内でそれ以上の人間が集まっていたら目を引きすぎる。大型の荷馬車に乗れる人数もそんなもんだろう。

「ただね、あっしのように情報を集めたり、下調べをする人間はもっとたくさんいると思いやすぜ」

だとしたらかなりの規模の組織になる。捕まえるとしても結構な大捕物《おおとりもの》だ。国境沿いの小規模な紛争レベルだぞ。近衛の奴らもご苦労なことだと、ちょっとだけ同情してしまう。

話している間にホルガーのジョッキが空になったので新しいのを注文してやった。俺はこの後に巡回が控えているから一杯でやめておこう。

「すいませんね。ゴチになりやす。で、次はもう一個前の事件の話でもしましょうかね」

確か神殿が禁止している麻薬の売買をしていた貴族だったな。一家皆殺しにあったとか聞いている。

「被害に遭ったのはヘルツシュプルングっていう男爵の家ですよ。自領は南の片田舎なんですがね、ドレイスデンで金貸しをして財を成しやしてね。そいつを元手に自分の領地で密かにアヘンを作らせていたんですよ」

日本でもアヘンは麻薬の一種として製造・販売・所持が禁じられているもんな。だけどザクセンスでは阿片チンキが雑貨屋とかで普通に売られている。この酒場でも滋養強壮剤としてアヘンを売っているんだからびっくりだ。しかも、困ったことに結構効くのだ。特に止痛、鎮咳《ちんがい》などには効果を発揮する。腸内接種だから喫煙より中毒性は少ないけど、身体はボロボロになっていくと思う。常習性だってある。

「その貴族は領地で作ったアヘンを神殿に卸すんじゃなくて、自分で売りさばいていたということ?」

「そのとおりなんで。まあそれくらいなら、規模の違いこそあれ他の貴族もやることはあるんですけどね……」

その言い方だと、断罪盗賊団に目をつけられた理由は他にもありそうだな。機嫌よさげにしゃべっていたホルガーが言葉を切った。飲んでいたビールが胸からせり上がってきたかのように顔を顰める。

「旦那、今から話すことは世間には知られていないし、胸糞が悪くなるような話だ。それでも聞きますかい?」

そんなことを言われたら気になってしまうじゃないか。怖いもの見たさだな。俺は話の先を続けるように促した。

「ヘルツシュプルングは月に一回、秘密のクラブを開催していたんですよ。集まってくるのは国の内外にいる金持ちばかりだ。そこでは酒、ギャンブル、娼婦に男娼、さらには上質なアヘン煙草が供されて、この世の欲望が詰め込まれた坩堝《るつぼ》と化していたそうです」

酒池肉林《しゅちにくりん》ってやつだな。人間って金があってやることが無くなると退廃的になる傾向があるのかね。もちろん創造的なことや慈善に力を入れる人もいる。中には自分の財産を放棄して自然の中で暮らす生活を選択する人もいる。

「この秘密クラブには目玉のショーっていうのがありましてね……殺人ショーですよ」

ホルガーの言葉から感情が消えて無機質になっていった。クラブには借金が払えなかった人間や獣人奴隷が連れてこられたそうだ。そういった人々を殺し合わせたり、獣に襲わせたり、ダーツの的にして嬲り殺したりと、あらゆる殺害の方法を試して見世物にしていたそうだ。更にこの殺人ショーにはヘルツシュプルング家の家族が積極的に参加していた。

「ヘルツシュプルング家の一五歳になる一人息子も母親と一緒に喜んでショーに出演していたって話です。兎人族の女を後ろから犯しながらその耳を――」

「ストップ!! ……もういいよ。それ以上聞いたら今日の仕事に差し支える……」

「まったくで……」

ホルガーも苦笑しながら頭を掻いている。やべぇ、気分が悪くなってきた。

「シュナップスでも飲むかい?」

シュナップスは果物を原料にした蒸留酒でアルコール度数が高い。ザクセンス人にとっての焼酎みたいなもんだ。強めの酒でも飲まなきゃやってられないだろう。

「旦那のそういう気遣いが、あっしには嬉しくてしょうがないんでさぁ」

小さな陶器のゴブレットに入ったシュナップスを厄払いのように二人で一気に煽った。リンゴの香りが漂って、少しだけ気分がよくなる。

「へへ、これ以上この話はいらないですかね。まあ、そんなこんなでヘルツシュプルング男爵家も皆殺しにされちまったと、そういう話ですよ」

まるで残酷な童話の終わり方のようにホルガーはまとめた。

話の内容から、これまでおぼろげな輪郭しかわからなかった断罪盗賊団の形が少しはっきりしてきた。こいつは近づかない方がよさそうだ。盗賊団も被害者もヤバそうな奴等ばかりだった。人間の荒んだ一面を見ていると自分の心まで荒廃していきそうだ。俺も金持ち相手にぼったくってはいるが、人の道に外れるようなことをするのだけはやめようと自分を戒めた。

◆

アパートに帰るとフィーネは吉岡と文字の書き取りをしていた。最近では俺が翻訳した子供向けの童話をすらすらと読めるくらいには成長している。装丁のしっかりした本などではなく、パソコンでプリントアウトしたコピー用紙を綴じただけのものだがフィーネは喜んでくれて、ことあるごとに新しいものをねだってくる。これまでに渡したお話は全て大切にファイリングしてあるそうだ。この世界では本がとても高価だ。一冊ずつ手書きで作っているのだから当然そうなる。俺たちも日本から持ってきた活版印刷の技術をザクセンスに導入しようとしている最中だ。まずは印刷機を作れそうな職人を探さなくてはならない。ノルド教の聖典を印刷する約束をイケメンさんとしてしまったので頑張らないとな。

時刻は夕方の五時になろうとしていた。太陽は大分傾き、西向きの窓からはオレンジ色の光が室内に差し込んでいた。

「フィーネは勉強熱心だよな」

「読み書きはできた方がいいじゃないですか。それに本を読むのがこんなに楽しいとは思わなかったです」

ザクセンスの識字率は低い。けれども俺や吉岡はおろかハンス君も読み書き計算はしっかりできるので、フィーネはコンプレックスを抱えていたようだ。今は純粋に文字を読む喜びがわかってきて、乾いたスポンジが水を吸うように、貪欲に知識を吸収しようとしている。頑張っている人はちゃんと応援してあげたい。そろそろイソップかグリム童話あたりから一つ翻訳してやることにしよう。

ホルガーと飲んだアルコールのせいで頭がしゃんとしない。巡回に出かける前に濃いコーヒーを淹れてカフェインの援軍を要請した。

◆

大きな洗濯桶に水がたっぷりと張られていた。ここはグローセル地区にあるツェベライ伯爵家の洗濯場だ。普段は使用人しか立ち入らない場所だが、今日はこの家のお嬢様がここを使うにあたり、侍女のカリーナを除いて人払いがされている。

「さて、始めましょうか。カリーナ、袋を」

ドレスの腕をまくって襷《たすき》でとめたユリアーナがやる気を見せている。だがユリアーナが洗濯をするわけではない。実際に行うのは侍女のカリーナだ。ユリアーナはその監督をして一緒に洗濯をしたという気分を味わうだけだ。そもそもユリアーナはどのように洗濯が行われるかを知らない。カリーナから受け取ったリネン袋に手を突っ込み、最初に引っ張り出したのはシャツだった。

「大きなシャツ……」

うっとりしたようにユリアーナは顔を上気させた。そして、そのまま両手でつかんだシャツの中に小さな顔を埋めて鼻から大きく息を吸う。

「お嬢様、ずる……はしたないです」

カリーナの制止を聞くようなユリアーナではない。

「ああ……ヒノハル様の胸に抱かれているような気がします」

暫くシャツに顔を埋めたまま、ユリアーナはじっと何かを感じ取ろうとしているかのようだった。

「お嬢様？」

「いい匂いがします。ヒノハルさんの匂いに混じって不思議な香りが」

それは単なる洗濯洗剤の匂いだが、ザクセンス人のユリアーナには正体がわからない。

カリーナもどさくさに紛れてコウタのシャツの匂いを嗅いだ。

「クラクラしてしまいます……」

「ああ、洗濯してしまうのが勿体ないくらい……」

ユリアーナは名残惜しそうにシャツを盥《たらい》の中に落とした。

「次は何かしら………まあ、これは下着？」

ユリアーナの手にはコウタのボクサーブリーフが握られていた。色はグレーで、ごくありふれたシンプルなデザインのものだが、ユリアーナとカリーナにとっては初めて見る形状だ。

「大柄なヒノハル様のものにしては小さいですね」

「でも、この布は随分と伸び縮みするわ。ほら見てごらんなさい。こんなに伸びるわ」

ユリアーナが楽しそうに下着を引っ張る。ザクセンスではこのような伸縮性のある布など珍しい。

「これならヒノハル様でもお穿きになることが出来ますわね」

「でも、ずいぶんとぴったりした下着ですこと」

「………」

二人して同時に黙り込み、同じ想像をしていた。そして次の瞬間には照れを隠すように同時に笑い出した。

「あははっ、いやですわカリーナったら。いけない想像をしましたね」

「お嬢様こそ」

二人の笑いは中々止まらなかった。だが、急にユリアーナが熱をおびた目でカリーナを見つめた。

カリーナは心臓がどきりと高鳴る。こういう目をする時、いつもユリアーナはなにかとんでもない命令をしてくるのだ。大抵の場合は恥ずかしいことや、思わずカリーナが困ってしまうことを言いつけられた。でもそれらの羞恥に塗れた命令は、実はカリーナの心の奥底にある願望と合致していることが多いのも事実だった。

「ねえカリーナ、お願いがあるの」

きた、とカリーナは身構える。表面は困った様な表情を見せながら、心の中では期待に胸を膨らませている。

「なんでしょうか？」

ほとんど泣きそうな声を出しながらカリーナは聞いた。

「この下着を穿いて見せてくださいな」

「そ、それは！」

聖女の表情が妖艶な色をおびていく。

「殿方がこれを穿いたらどのような姿になるか見たいのです。お願いカリーナ。貴方が引き受けてくれなければホイベルガーに頼まなくてはならないのよ」

カリーナは心ひそかにユリアーナに感謝した。コウタの下着を身につけるのはカリーナの願望そのものだった。

「か、畏まりました」

異様な興奮が身を包み、二人の身体は熱く燃え上がった。

「さあ、貴女の下着を脱ぎなさい」

「あんっ、前が引っかかってうまく脱げません」

「もう、カリーナったら！」

世間の普通と少しだけずれている少女たち？　の洗濯は続く。

◆

朝食を終えて午前の任務に就こうとしている時だった。今日は貯水池の取水口のところに張った氷を割る作業員の監督を一人でやらなければならない。同僚たちはそれぞれの任務に出て行ったが、俺だけ一人で部屋にもどった。冷え込みがきつそうなのでミドルウェアを足そうと思ったのだ。フリースを着込んで外套をつけていると、俺の「犬の鼻」が兵舎には似つかわしくないフローラルな香水の匂いを感じ取った。聖女が来たんだ！　慌ててベッドの下に身を隠す。


「あら、いらっしゃらないわ」

「もうお出かけになってしまったのでしょうか」

ユリアーナとカリーナの声が聞こえる。ベッドの下からそっと覗いてみるとフード付きのコートを着た二人が見えた。それでも大騒ぎにならないように身分を隠して来たらしい。匂いから判断するにホイベルガーなどの護衛騎士たちも近くにはいないようだ。だけど、こんなに簡単に聖女たちの侵入を許すなんて、駐屯所の警備体制はどうなっているんだよ。

「仕方がありませんわ。洗濯して差し上げた服をしまいましょう」

ごそごそと音が聞こえる。ベッドの横に据え付けられた俺の棚に服をしまっているようだ。その後、ユリアーナたちは二人して俺のベッドで寝転がったり、枕を二人がかりで抱きしめたりと、訳の分からない遊びをしてからようやく帰る素振りを見せた。

「いらっしゃらないなら仕方ありませんね、またお昼にでも来てみましょう」

今日の昼は外で食べることに決定だな。二人の足音が充分遠ざかってからベッドの下から這い出した。

廊下の様子を慎重に窺いながらクララ様の執務室へ移動した。労働者たちに支払う賃金を貰わなければならない。

「クララ様、今日のお昼なんですが――」

俺は事情を話して、外で昼を食べてくる許可を貰った。

「少々困った事態だな」

クララ様もうんざりとした表情だ。

「迷惑だと告げれば、兵舎の前で跪いて許しを乞うでしょう。あの人なら本当にやりますんで」

たぶん俺一人が悪人にされる。

「わかった。そういうことなら致し方ないか」

「距離を置きたいので当面はアパートから任地へ通うことも許していただきたいのです」

クララ様の顔が少し寂しそうだ。

「そうか……」

「もちろんご用がある時はすぐに伺いますし、私の部屋に遊びに来ていただいても構いませんよ」

意味がよく理解できないと言った顔でクララ様が俺を見つめてくる。

「私がコウタの部屋へ?」

「二人でご飯を食べるのもいいですね。料理は上手ではありませんがパスタだけは得意なんです」

「二人で夕食を……コウタの部屋で」

「ええ。クララ様が来て下さるんなら頑張っちゃいますよ！　部屋中にキャンドルをいっぱい灯して、とっておきのワインを開けて、茄子とエビを入れたトマトソースのスパゲッティーニを作ります」

「……二人っきり？」

クララ様が嬉しそうに微笑んでいる。

「いつがよろしいですか？」

「今夜」

俺の騎士様は即断即決を信条にしている人だった。


業務終了の時間がやってきた。報告書を提出しつつ、クララ様との間に意味深長な視線を交わす。「部屋でお待ちしていますね」と俺。「私も楽しみだ」とクララ様。大丈夫、一秒にも満たない時間の中で、互いの目に込めた思いはその場にいるフィーネやエマさんには気づかれていない。一緒に部屋へ帰ってもよかったのだが、先に帰って部屋の中を暖めたり、料理の準備をしたりとやることがたくさんある。それに待つ方も訪ねる方も、会えるまでの時間を楽しんで気持ちを高めておけると思う。

先に城壁内に行って買い物を済ませた。ジャガイモ、玉ねぎ、ニンジン、ベーコン、チーズ、パンなどを買っていく。ここの品物は城壁の外よりも高価だが、品質はずっといい。予定していたものを全て買い終えて辻馬車に乗ろうとしたら、偶然に花屋を見つけた。こんな真冬でも花を売っているのかと不思議に思ったが、店員が温室の中で栽培されたものだと教えてくれた。板ガラスがあるくらいだからガラスハウスがあっても不思議はないか。種類は少ないが、久しぶりに見る花は美しかった。アネモネを三輪六〇〇マルケスで購入した。

部屋について大急ぎで暖炉に火を焚き、料理を始める。竈《かまど》を使うと火加減の調節が難しいので、調理にはガスコンロを使うことにしよう。大きめの鍋にジャガイモを茹でてポテトサラダを作った。今日は焼いたベーコンと小さくカットしたチーズを入れてみる。俺が作れるメニューは数少ないが、これはいつも美味しいって褒められたんだよね。……絵美《えみ》に。久しぶりに別れた絵美のことを思い出した。普段は忘れているのだが、日々の暮らしに関係のあること、炊事や洗濯などをするとついつい思い出してしまう。そういうことは家庭というものに直結しているからだろう。次にトマトソースを作る。ニンニクと唐辛子、玉ねぎをオリーブオイルでじっくりと炒めながら物思いに耽った。今更だけど自分の何処がいけなかったのかが気になる。別に未練があるわけじゃない。ただ、絵美が好きになった男と比べて、俺の何処が劣っていたのかを純粋な好奇心から知りたかった。別れる時に聞いておくべきだったけど、あの時の俺はものすごく感情的になっていたもんな。進むべき未来がはっきりとあったからあんまり落ち込むこともなくこうしていられるけど。

冬のザクセンスにトマトはないので、トマトの缶詰を炒めた玉ねぎに加えていく。バジルの葉っぱも吉岡が買ったものが空間収納のどこかにあったはずだ。

もう少し時間が経ったら絵美に会って聞いてみてもいいかもしれない。二人が落ち着いて話せる日がもしも来るならだ。もっとも絵美にとってはまだ離婚から四日か。

丁度いい分量に水分が飛んだところで塩を加えて味をみた。

暖炉の上で大きな鍋にお湯を沸かしておく。こうしておけばいつクララ様がやってきても困ることはない。ＢＧＭがあったほうがよかったかな。残念ながらオーディオの類はないし、スマホにもムーディーな曲は入ってないんだよね。花瓶は持っていないので、小さなグラスにアネモネの花を飾った。

そろそろ到着する時間だろうと窓から通りを見ていると、一台の馬車が建物の前に停車した。コートを着たクララ様がエントランスに入って来るのが見えた。俺は扉の前で出迎えの準備をする。

「…………………」

あれ？　なかなか入って来ないな。俺の部屋の場所がわからなくなってしまったか？　表札は出していないから迷ってしまったかもしれない。探しに行こうとドアを開けると、目の前にクララ様が立っていた。

「……」

驚いたのかクララ様が硬直している。

「何をされていたのですか？」

「シンコキュウ……」

小さな声で聞き取れない。

「はい？」

「な、何でもない。入ってもよいのか？」

クララ様を部屋の中に招き入れ、後ろからコートを受け取った。

「いい匂いがしているな」

振り返ったクララ様の笑顔が眩しい。ドレスではないが、いつもよりちょっとおしゃれな騎士服を着てきてくれたんだ。髪留めも初めて見るものだ。黒い光沢のある素材は黒檀かな？　クララ様の銀の髪によく似合っている。

「素敵な髪留めですね。クララ様の御髪《おぐし》がよく映えます」

「ありがとう、おばあさまに買っていただいたものだ」

淡い気恥ずかしさに彩られて部屋の中で恋の花がほころんでいく。

「さっそく料理の仕上げをいたしますね」

「私も手伝おう。自分に何ができるかわからないが」

クララ様に料理の経験はない。だけど大丈夫、クララ様の出番もちゃんと考えてあるのだ。

「もちろん働いていただきますよ。今夜の私は主人をこき使う悪い従者ですから」

「望むところだ」

そわそわとしているクララ様の元へボウルを持っていった。

「これは？」

「中身は牛乳、卵、砂糖、バニラビーンズをよく混ぜて濾したものです。クララ様は魔法でこのボールを凍らせてください。ただし中身まで凍らせてはダメですよ。ボールの表面についた液体がちょっと凍るくらいの温度がいいです」

俺が作りたいのはデザートのアイスクリームだ。クララ様に魔法でボウルを凍らせてもらいながら俺がかき混ぜれば、アイスクリームを一緒に作ることができる。簡単だし二人でやったら楽しいと思うんだよね。それにアイスクリームはデザートの王様だ。

「面白そうだ。やってみよう」

クララ様も興味を持ってくれたようだ。

クララ様が魔法力をこめすぎたり、俺がかき混ぜる際に少し液が跳ねたりと、アイスクリームは多少のトラブルはあったが少しずつ少しずつ固まっていった。そして作業の途中でお互いの肩や腕が触れ合っても、それを気にしないでいられるくらい寛《くつろ》いだ気持ちになったところで、アイスクリームは完成した。

「少しだけ味見をしてみましょう」

小さなスプーンですくってクララ様の前にアイスクリームを差し出した。緊張した面持ちでクララ様はスプーンに口をつける。

「美味しい！　これをコウタと私が作ったのか⁉　料理とは不思議なものだな」

出来上がったアイスクリームの保存はクララ様に任せた。魔法と保冷剤を使ってクーラーボックスの中を氷点下にして入れておくのだ。その間に俺はパスタの仕上げにはいった。

一流のシェフが作ったものとはいかなかったが、ポテトサラダもパスタも美味しくできた。特に出来立てのアイスクリームは美味しくて、レシピを教えてくれた吉岡には感謝しかない。二人きりで話をしていると、互いのことが次々にわかって、そのたびに新鮮な驚きと喜びが心を満たしていく。食事が終わって、デザートワインを飲みながら二人でソファーに腰かけていても話題に困ることはなかった。

グラスのワインを飲みほしたときに近所の神殿から鐘の音が聞こえてきた。シンデレラの魔法が解ける時間だ。最後の四つの鐘を聞きながら俺たちは口づけを交わしていた。

「送っていきましょう」

「うん」

この時間では辻馬車を拾うこともできないので兵舎までの道のりを二人で並んで歩いた。交わす言葉は少なかったが、言い知れない充足感が俺たちを満たしていた。

第2章

episode.02

A man with a thousand skills

王宮の一室はむせかえるような緊張感に満ちていた。ここは宰相であるナルンベルク伯爵に与えられた部屋の一つである。ナルンベルクはいまだ四二歳。歴代の宰相の中で最も歳若くしてこの地位に就いている。それだけ有力な家に生まれ、知性と財力に恵まれている証拠だった。

今夜はそんな彼の部屋に男女一組のゲストが迎えられている。ペーテルゼン男爵夫妻だ。すなわち、見習い騎士エマの両親である。普段から親しい間柄なわけでもなかったが、どういうわけか突然の招待だった。ペーテルゼン男爵は王宮で役職を得ている官僚的な貴族であったが、宰相に親しく招待されるような身分ではない。思い当たることは一つ、妻のグレーテルに起こった変化だけだった。

近頃ペーテルゼン夫人はショウナイという謎の商人からエステなる施術を受けていた。その効果は劇的であり、顔の肌、目元、顎のラインなどは施術前とは見違えるほどに美しくなっている。三〇歳半ばの夫人が二〇代の若奥様に間違えられることも度々だ。

「私は自分のことをそれほどの野暮だとは思っておりません」

宰相は穏やかな口ぶりで話し出した。

「美というものはそれ自体が神秘的であり、本来その秘密を当事者以外が暴こうというのは無粋の極みということは理解しているのです」

男爵としては頷くしかない。相手はこの国の宰相なのだ。宰相は言葉を続けた。

「ですがこれは私人としての感情です。事が政治的、公のこととなれば話は別です。しかもそれが外交上重要な案件に関わってくるとなれば言わずもがな」

宰相の圧力に真っ先に屈したのは男爵だった。

「つまりナルンベルク様は妻の変化の秘密についてお知りになりたいと、こういうことですか？」
「はい。まことに無粋な話ながら。ただし、このことがザクセンスとフランセアの同盟と一人の王族の幸福に関わっていると言い訳させていただきましょう」
随分と大きな話になってきたものだと男爵は考えた。

◆

怒涛の半月が過ぎようとしていた。暦も変わり今は風の上月（三月）だ。その間に日本へ二回戻り、俺も吉岡も無事に会社を退職することができた。スキルも新たなものが二つ増えている。

スキル名　水泳
水の中を自由に泳ぎ回れるだけでなく、水深一〇〇メートルくらいまでの潜水が可能。
約十分間、息継ぎなしで泳げる。

とてもすごいスキルだけど今は実証できない。春は名のみで風は冷たい。雪だってたくさん残っている。もう一つの新しいスキルも夢のある技だ。

スキル名　空歩（初級）

空中に空気を圧縮した足場を作り、空を駆けることができる。
初級なので一歩から二歩まで。

これが非常に楽しい。ジャンプしたところから更にもう一歩飛び上がれるなんて、まるで格闘ゲームのようだ。今は一歩しか飛び上がれないのだが、たくさん練習して早く二歩すすめるようになりたい。ところが困ったことに練習場所がなかなかないのだ。ドレイスデンは都会なので人がいない場所というのが少ない。スキルの内容は人に知られたくないから練習風景は見られたくない。だからと言って室内でやるわけにもいかない。天井に頭をぶつけてしまいそうだし、アパートでやれば下の住人から苦情が寄せられると思う。今日も新たな練習場所を探して俺は地図とにらめっこだ。

「コウタ殿、ちょっとよろしいだろうか？」

資料室で適当な空き地を探して地図を見ていた俺に声をかけてきたのはエマさんだった。

「どうしました？」

「実は、また両親にショウナイ殿の居場所はわからないかとせっつかれまして……」

エマさんはバツの悪そうな顔をしている。なんでも今度は宰相が俺のことを探しているようだ。しかも腕時計や食器類に用があるのではなく、神の指先《ゴッドフィンガー》を持つ俺を捜索しているという。騒ぎになるのが嫌でペーテルゼン男爵たちには口止めしていたのだが、宰相の圧力に屈してしまったようだ。そのこと自体は仕方がないと思う。俺だってつい最近まで会社員をやっていたのだから気持ちはわからんでもない。上司に聞かれれば口をつぐんでいるわけにはいかないだろう。責める気はないが、だからと言って名乗り出るほどお人よしではないのだ。

「エマさん、悪いけど俺もいろいろとやらなければならないことが多いんだよ。セラフェイム様に命じられていることもあるし……」

　セラフェイム様に頼まれたノルド教の聖典の出版はまだ全然進んでいない。だけどこう言っておけば信心深いエマさんは簡単にあきらめてくれる。

「そ、それでは仕方がありませんね。時空神様のご意思は宰相様の願いとは比べられるものではございません」

　うんうん、わかってくれればいいんだ。俺はすごすごと引き上げていくエマさんに若干の罪悪感を覚えながら見送った。


　ザクセンス某所。暗い室内の真ん中に一本だけ蝋燭が灯っている。狭い部屋の中には十人を超える人間がいたが、正確な数がわからない程に室内は薄暗かった。ここはザクセンス王国が誇る諜報機関、影の騎士団《シャドウナイツ》のメンバーが集まる秘密の会所だ。今晩集まっているのはとある指令を受けた三チームだった。

「全員揃っているようだな。お前たちにはショウナイという謎の人物の捜索を任せていた。それぞれの報告を聞こう」

まとめ役が促して今回の合同任務の報告会が始まる。

「ショウナイという男はベルリオン侯爵家やブレーマン伯爵家に出入りしている商人と同一人物である可能性が高いです。目撃情報をまとめると多くの点で外見の一致が見られます」

次の人物が後に続く。

「ショウナイという商人にはカワゴエという仲間がおります。ショウナイの居所は掴めていませんが、カワゴエがドレイスデンのホテル・ベリリンに投宿していることは判明しております」

まとめ役は頷いた。

「カワゴエを見張っていればその内にショウナイに接触するだろう。しかしその二人はどこの出身なのだ？」

別の者が答えた。

「それはまだ判明しておりません。わかっていることは二人がかなり流暢なザクセンス語を話すこと。北の地で山賊に襲われた際にクララ・アンスバッハ騎士爵によって助けられたとの情報が入っております。ブレーマン伯爵に二人を引き合わせたのもアンスバッハ騎士爵です。以上のことから北方経由で我が国に入国したと考えられます」

正しい情報と偽の情報が交錯していた。

「カワゴエを拉致してショウナイの居所を吐かせるべきでしょうか？」

この質問にまとめ役は静かに首を振る。

「我々はショウナイなる者の協力を得なければならない。手荒な真似は絶対に控えよ。むしろ正攻法で行くべきだな」

「正攻法ですか？」

「ああ、それなりの使者をカワゴエという男の元へ派遣してショウナイへの取次ぎを頼むのだ。そうすれば、応諾するにしろ拒否するにしろカワゴエがショウナイに接触を図る可能性は高くなる」

「承知いたしました。我らは奴らを取り逃がさぬように監視を続けます」

「よし、以上だ。質問のあるものは？」

　会所は静寂に包まれた。


　クララ様の夕飯の給仕はフィーネに頼んで俺は兵舎から出た。今日は夕食を食べながら出店計画の進捗状況を吉岡から聞くことになっている。豆のスープから解放されると思うと気分は軽かった。一度アパートに寄ってショウナイの姿に偽装する。食事前に吉岡とベルリオン侯爵の屋敷にご機嫌伺いに行く予定だったのだ。

　ホテル前で馬車を降りて顔見知りになっているドアマンと言葉を交わす。

「こんにちは。カワゴエは部屋にいるかな」

「いらっしゃいませショウナイ様。カワゴエ様ならラウンジで来客中でございますよ」

　不動産屋かな？　もしプライベートな客だったら邪魔をしちゃ悪い。

「どんな感じの人だった？」

「様子から察するにご大家《たいけ》お抱えの騎士様のようでした」

男の騎士なら多分色恋は関係していないと思う。仕事の関係なら無視はできないし、俺も挨拶をしておくべきだろうと。

「失礼します。カワゴエ君、お客様ですか？」

俺を見上げた騎士は五〇代くらいの真面目そうな男だった。眉毛が太く目に力がある。

「ひょっとして貴殿がショウナイ殿ですか？　これは手間が省けて助かった」

騎士はスッと立ち上がり俺の手を握ってくる。かなりの大男だ。引き締まった体が武術の技量を示している。だが愛想は悪くない。ごつい手をブンブンと振りながら武骨な笑顔を見せてくる。

「某《それがし》はエゴン・ヘンケンと申す。むむっ、カワゴエ殿も鍛えておりますな！　これはかなりやっている手だ」

オッサンは握手したまま嬉しそうに喋り出す。離して欲しいのだがエゴンさんのペースに呑み込まれて言い出せない。

「某も騎士の嗜みとして一通りは使います。ははは。カワゴエ殿の得意な得物は？」

「じ、自分は棒術を少々……」

つい、手を引っ込めるのも忘れて正直に喋ってしまった。

「おお！　棒術か。突いてよし、切ってよし、払ってよし、隙のない武器だ！　おまけに組技、足技まであるんだから油断がならない。儂のような不器用な男にはとても修められん技だよ」

うん、褒めてくれるのは嬉しいけどいい加減に手を離して欲しい。

「あの！」

「ん？　儂の得意な得物か？　儂はもっぱらハルバードじゃ！」

聞いていない。

「いえ。そうではなくて、ヘンケン様はどういったご用向きで参られたのですか？」

「ん？　用向き？　おお！　そうじゃった」

ヘンケンさんはようやく自分の役目を思い出したかのように居住まいをただした。

「ショウナイ殿、本日まかり越したのは貴殿にたっての願いがあってだ。頼む。儂と共に我が主に会って欲しいのだ」

ヘンケンさんのご主人様ねぇ。

「それはどちら様でしょうか？」

これまで周りの人の存在などまるで気にしていなかったヘンケンさんの声がぐっと小さくなった。

「ザクセンス王国第二王女、アンネリーゼ様である」

いよいよ王族がきたか。俺も辺りを憚って声を落とした。

「王女様が私にどういった御用なのでしょう？」

「詳しいことは某も聞かされてはおらんのだ。きっと、そなたらの扱う商品にご興味があるのだろう。美しい食器などを商っていると聞いておるぞ」

それだったらわざわざ俺を指名しなくても、吉岡に話を通すだけでいいはずだ。だけど、ヘンケンさんは「貴殿にたっての願いがあって」と言った。宰相が俺を探しているともエマさんから聞いている。もしかしたら関係があるのかもしれない。いずれにせよ、断れるような筋の依頼ではないから、行くしかないだろう。

「承知いたしました。いつ頃伺えばよろしいでしょうか？」

「さっそくで悪いが、明日にでも王宮へ来てはもらえぬか？」

「明日ですか？」

「うむ、早ければ早い方がいいのだ」

ヘンケンさんはガハハと笑った後に、窺う様に上目使いでこちらを見上げた。

「ダメであるか？」

困ったことに、この人には悪意がない。そして、俺はこのタイプが嫌いではないのだ。

◆

用意された馬車は最高級のモノだった。黒塗りで金の縁取りが随所に施されている。

「万が一の時は後を頼む。たぶん害されるようなことは無いと思うけど」

見送る吉岡の耳元に囁く。

「おそらく、連中が求めているのは先輩の指ですからね」

「ああ。俺たちには監視がついていると思う。くれぐれも正体がバレないように気をつけてな。クララ様には吉岡から無線で報告しておいてくれ。接触はしないほうがいいと思う」

「了解。先輩もお気をつけて」

姿は見えないが監視の目を気にしておくに越したことはないだろう。

「遠慮しないで乗られるがいい。宮廷では晩餐も用意されておるぞ！」

豪快な笑顔を見せるヘンケンさんに促されて馬車に乗り込んだ。御者が俺のトランクを預かろうとするが、この中には化粧品や時計、ティーカップやグラス類が入っている。

「貴重品ですので自分で持っていきます」

トランクを膝に抱える俺をヘンケンさんが怪訝そうに見つめる。

「申し訳ないが、王女殿下との面会前にカバンの中身を検めさせてもらうことになるぞ」

「それは構いません。ただし壊れやすいものがたくさんあるので気をつけて下さい」

「心得た」

これは感覚でしかないが、このヘンケンさんという人は信用できるタイプの人間だと思う。信義に厚い印象を持たせる顔つきだ。謀略には向かない性格だろう。馬車に乗っている間にこの人と少し交友を深めておくとするか。

「実はカバンの中に刃物が二振り入っております。ヘンケン様にお預かりしていただいた方がよろしいと思うのですが」

「刃物とな？」

「はい。私共が扱う商品の一つです。数は少ないのですが皆様のお目を楽しませられるよう、特に品質の優れたものを持参いたしました」

「それは気になるな」

予想通り興味を示して来たか。なぜ、こんな商品を持ってきたかといえば、そう依頼されたからに他ならない。てっきり神の指先《ゴッドフィンガー》の技を披露させられるだけかと思っていたら、取り扱っている商品を持って参内せよという命令だった。ヘンケンさんは本当にエステのことは知らないみたいだ。俺のことは単に珍しい商品を扱う商人に過ぎないと考えている節がある。

「まずはこちらをご覧ください」

最初に取り出したのはステンレス鋼を使ったハンティングナイフだ。全長は二六八㎜、ブレードの長さは一三八㎜ある。切れ味、持った時のバランス、見た目も大変美しい。柄の部分にはフェノール樹脂という耐熱性の高い素材が使われている。この世界でこれほどのナイフは滅多にお目に掛かれないだろう。日本なら九〇〇〇円で買えるんだけどね。

「こ、これは！」

ケースを外したヘンケンさんが驚きの声を上げた。すぐに馬車の内部に取り付けられたランプでブレードの部分を確認している。

「狩猟用に開発されたナイフです。普段から持ち歩くにも邪魔にならない大きさでございましょう？」

俺の言葉に何度も頷きながらヘンケンさんの目はナイフから離れない。

「どうぞ、切れ味をお試しください」

羊皮紙を渡してやると、真剣な顔で受け取った。刃を当てた先から羊皮紙がスパッと切れていく。

「素晴らしい……。ショウナイ殿、これはいかほどするものなのだ？」

ナイフはいつも通り一二掛けでいいか。

「一〇万八千マルケスでございます」

「買った！」

かなり食いついていたけど、いきなり買うとは思わなかった。

「よ、よろしいので？」

「これほどの品なら一〇万マルケス以上するのは当然のことであろう。武人として、狩猟好きとして、このナイフに出会えたことに運命すら感じますぞ」

そこまで感動しているなら俺に異存はない。

「価値を理解していただける方に商品をお売りできることこそが商人にとっての悦びでございます。どうぞお納めください」

「そうか。代金は明日にでも持っていこう。ホテル・ベリリンのカワゴエ殿のところでよいのかな？すぐに受け取りを書くぞ」

その場ですぐに契約を交わした。おもちゃを買って貰ったばかりの子どものように、ヘンケンさんはさっそくナイフを自分の腰に装備した。でも、刃物はもう一本あるんだよね。今度のは正確に言えばナイフじゃなくて日本製の剣鉈《けんなた》だ。鍛冶師が一本一本手作りで作っている品だぞ。結構大振りで、全長が四七〇㎜、刃渡りも三〇〇㎜ある。漆塗りの柄と刃の波紋が美しい。

「先程も申しましたが刃物は二振りございます。こちらもお検め下さい」

箱ごとヘンケンさんに剣鉈を渡した。

「そうであったな。つい興奮して忘れておった」

照れ笑いを浮かべながらヘンケンさんが箱を受け取る。

「こちらは少し大きい様じゃな。大ぶりのナイフかのぉ…………のおおお!!」

ヘンケンさんの上げた奇声に御者が振り返って車内を確認していた。俺は何にもしていませんよ。このおじさんが一人で興奮して、一人で雄叫びを上げているだけですから。

「これはまた……美しい」

鍛冶屋さんはいい仕事をしますよね。ヘンケンさんは箱の中の抜き身の刀身を眺めてうっとりとしている。

「素晴らしい」

言葉少なに褒めているが、さっきのナイフよりも気に入っている様子だ。剣鉈の方が十倍以上高価になる。

「値段を伺いたい」

買う気でいるのかな？　この人は愛嬌があるのでオマケしてあげたいのだが、商品の価値を下げるわけにはいかないんだよね。これもきちんと一二掛けの数字を提示することにしよう。

「こちらは一二〇万マルケスでございます」

瞼がピクリと動いたが、ヘンケンさんはそれほど動じた様子は見せない。値段には納得してくれたようだ。他に危険物はなかったので、預ける品物はこれだけだ。残りは明るい場所で検分してくれればそれでいい。

二人とも話すこともなくなり、馬車の中は沈黙に包まれる。ヘンケンさんの声が大きかっただけに、今の状態が一層静かに感じられた。車輪が石畳を刻む音だけが世界を支配していた。

五分くらい俺はぼんやりと窓の外を眺めていた。

「支払いを来月まで待ってもらうことは可能だろうか」

ヘンケンさんが発した言葉はあまりに唐突で、最初は言葉の意味を測りかねてしまった。

「え、それは、先ほどの剣鉈のことでございますか」

「うむ。あれほどの逸品に巡り合うことなど今生二度とないかもしれない。それだったら一二〇万マルケス出しても買っておきたいのだ」

静かだったのはずっと剣鉈のことを考えていたからか。この人は本当に俺たちを害する気はなさそうだ。これから俺を監禁しようとする人間が来月の支払いの話なんてすることは無いだろう。

「承知いたしました。ヘンケン様のためにお取り置きしておきましょう」

「かたじけない。無理を言ってすまぬな」

胸のつかえがとれたのか、ヘンケンさんは再び饒舌になっていった。

◆

宰相ナルンベルク伯爵は第二王女アンネリーゼの部屋の扉を開けた。

「王女殿下、そろそろ昨日お話しした者が参ります。ご用意を」

振り返った王女は気だるそうな声を出す。

「え〜、会わなければダメですか？」

ナルンベルク伯爵は内心ではこの王女をぶん殴ってやりたい気持ちになるが、そんな様子はおくびにも出さずにこやかな笑顔を見せた。

「姫様もお聞きになっていませんか？　ペーテルゼン男爵夫人のお話です。一晩で素晴らしい美貌を手に入れたとか」

「興味ないです」

アンネローゼは気だるそうに呟く。身長一五九センチ、体重五七キロ。小太りのお姫様はいかにも大儀そうに椅子から立ち上がった。

「ナルンベルク伯よ、今更こんなことをして何になるというのですか。フランセアの王子は王女よりも聖女を選んだのです。婚姻はグローセルの聖女にお任せすればよいではないですか」

王女は機嫌が悪かった。フランセアの王子が自分より聖女を好きなこと自体は腹も立つが納得できない話ではない。聖女はスタイルが良く、誰もが愛する美少女だ。しかるに自分はどうだ？　スタイルは誰もが笑うちんちくりんだし、顔なんてはっきり言ってブスの部類に入ると王女は自覚している。王子が自分よりユリアーナに惹かれたのは致し方あるまい。だが宰相はどうしても王女である自分をフランセアに嫁がせたいようだ。最近では強引に食事制限をさせられて満足におやつも食べられない。お陰で体重は四キロも減ったが……。

「どうして私でなくてはならないのですか？　もう、こんな生活はうんざりです」

ナルンベルクは悟られない程に小さなため息をつく。

「ユリアーナ・ツェベライについては様々な情報を精査した結果、婚姻には不向きという結論が出ております」

初めてアンネリーゼが宰相の話に好奇心を抱いた。婚姻に不向き？　あの優しくて美人でスタイルの良い聖女が？　何があったというのだ。

ナルンベルクとしてもユリアーナで済ませられればそれでも構わないと思っていた。だが、かの聖女は殺人に関与し、最近では下級兵士に一方的な恋心を抱いて言い寄っているとの報告を受けている。既にその兵士と肉体関係にある可能性も否めなかった。

「今宵は例の商人に珍しい品々を持参させております。きっと殿下のお目に留まるものもございますでしょう」

「……わかりました」

読みかけの小説を読んでいたかったのに……。王女は手の中にあった恋愛小説をテーブルに置いて、不承不承歩き出した。

◆

俺は迷いそうになるくらい広い宮廷で、宰相のナルンベルク伯爵とアンネリーゼ殿下に引き合わされた。殿下は現国王の次女で一九歳になるそうだ。エルケさんが言っていたフランセアとの政略結婚候補の筆頭に名前が挙がっていた人だな。フランセアの王子様はユリアーナの方が好きみたいだけどね。たしかに王女はぽっちゃりしていてスタイルはユリアーナの方がいい。だけど顔はそんなに悪くないと思う。唇が大きくて目が細いのは、ザクセンスの美的基準からは少し外れているのかもしれない。地球なら外国のモデルさんとかでよく見るタイプだ。アンニュイな感じが色っぽいともいえるけど、コロンとした体形なので微妙に決まりきらない。そして一番の欠点は髪のボリュームがないことかもしれないな。端的に言ってしまえばちょっぴり薄い。

「ショウナイと申したな。そなたの出身地を聞かせてもらおう」

さっそく宰相が聞いてくる。吉岡と話し合って既に方針は決めてあった。

「日本です」

サラッと真実を話すと宰相の視線が鋭くなった。

「ニッポンか……」

もしかして日本をご存じなんですか？　この様子だと日本という地名を知っているようだぞ。

「一つ聞かせてくれ。そなたらはナラという地名を知っているか？」

奈良って奈良県だよな？　もちろん知っているし修学旅行で行ったこともある。

「存じております」

「どのようなところだ？」

なんでザクセンスの宰相が奈良県のことを聞いてくるんだよ？　俺だってそんなに詳しくないぞ。

「私も訪れたことは三回しかございません。一三〇〇年以上前につくられた古い街です。大仏と呼ばれる巨大な神像が有名でございます」

仏さまを神と表現するのは拙いかもしれないけど、ここはアバウトな表現でいいだろう。

「なるほど、本当にユウイチの言う通りだったな」

ユウイチ？　ひょっとしてザクセンスが勇者召還した日本人か？

「我が国の勇者は三人おるが、ショウナイと同郷の者もおるのだよ。ユウイチはニッポン国ナラ県の出身だと聞いている」

ずっと噂は聞いてきたが、勇者召還された人間の具体的な消息は初めて聞いた。

「その方はどちらに？」

「今は地方に出向いている。そのユウイチが、奈良といえばダイブツか鹿だと常々言っておったのだ。日本人なら誰でも知っているとな。他にも柿の葉寿司だの奈良漬けだのよくわからない食べ物のことも申しておった。タカノハラという町がホームタウンらしい」

ごめん、タカノハラのことはよく知らない。漢字で書いたら高野原かな？

宰相の話によると他にもアメリカ人やインド人の勇者がいるそうだ。どの人も全員地方に行っていて面会することはできなかった。

「ではショウナイ殿たちはどこかの国が召喚した異世界人ということか？」

「違います」

俺の否定に宰相は驚かない。

「そうであろうな。勇者召還された異世界人ならこのようなところをうろうろしているはずがない」

必ず国の監視がついているということか。

「では、ショウナイ殿とカワゴエ殿はどういった存在なのだ？」

「我々は時空神によってこの世界に呼び出されました。現在はセラフェイム様の命で働いております」

流石の宰相も驚きに目を瞠《みは》る。実際はセラフェイム様の下請けって感じだけどね。時空神にとっては孫請け？　でも、こう言っておけば宰相も俺たちの行動を阻害することがないと思うんだよね。虎の威を借る狐じゃないけど、神の威を借る凡人ってところだ。

「セラフェイム様の命とは……」

「ノルド教の経典を印刷せよという話でして」

「印刷？」

そうか、印刷技術を知らないもんな。空間収納から本を一冊取り出して見せる。

「こんな感じです。これは私共の言語で書かれているのでお読みにはなれないと思いますが、このように機械で印刷された聖典を出版するように命じられているのです」

「これは……すごい」

宰相は読めもしない本を夢中になって捲っている。王女様は話について来られないようだ。ノートパソコンを取り出して画面を見せてあげた。

「このような感じになる予定ですよ」

ザクセンス語で書かれた文字が羅列されている。フィーネに書いてやっている『シンデレラ』だ。

「…………」

二人とも絶句していた。丁度いいから大切なことをお願いしておこう。

「目立たないように活動しているので私たちのことは内密にお願いしたいのですが」

「わ、わかった。秘密は漏れぬようにいたそう」

とりあえずは一安心だな。

「それで、今夜のご用はどういったものでしょうか？」

安心した俺は最高の営業スマイルを二人に向けた。

時刻は一八時を過ぎた頃だ。詳しい話は食事の後でということになった。いきなり王族や宰相との会食だなんて緊張してしまうではないか。テーブルマナーとか大丈夫かな？　クララ様には特に注意されたことは無いからいけるとは思う。むしろ俺や吉岡はお行儀がいいと褒められている。

会食のメンバーはアンネリーゼ様と宰相のナルンベルク伯爵、そして俺の三人だけだった。どうやら内密の話があるようだ。小規模な会合と聞いて心に余裕も出てきている。ザクセンスの宮廷料理とはどんなものだろうか？　落ち着いたら食欲まで戻ってきた。

食事はニンジンのポタージュから始まった。生クリームがたっぷりでどっしりとした感じのポタージュだ。量は少なかった。

お次がローストした玉ねぎと炙り焼きされたサーモンが一切れ載っている料理だ。ソースはサワークリームがベースかな？　グルメ吉岡がいたら横で説明してくれただろうに、不在が残念で仕方がない。皮ごと焼いた玉ねぎが美味しかった。

こんな感じで次から次へと食事が運ばれてくる。一皿の量は多くないけど種類が多いのかな？　それにしてもこの王女様はよく食べるな。さっきから大きなガチョウのモモ肉を何も喋らずに黙々と食している。体型から見ても食べることが好きなのだろう。俺の周りにはよく食べる女の人が多い。フィーネはその筆頭だな。クララ様もよく召し上がる。ベックレ中隊長も毎食豆のスープをお代わりしている。気持ちよく食べる人は好きだ。視線が王女様のところに留まりすぎたようだ。すこし非難めいた視線を返されてしまった。

デザートは焼き菓子が数種類だった。最後のコーヒーは別室のソファーで飲むことになった。

「いかがだったかな。ザクセンス料理はショウナイ殿の口にあっただろうか？」

「大変おいしくいただきました。特に貴腐ワインでマリネしたブルーチーズには驚かされました。あのような食べ方は初めての経験です」

甘い白ワインを煮詰めて作ったソースにチーズを絡めた料理で、ブリオッシュのようなパンの上に載せて食べるのがとても美味しかった。吉岡が聞いたらきっと羨ましがると思う。

「あれは私も好きです……」

王女様が挨拶以来初めて口を開かれた。

「姫様は特に甘いものがお好きですから」

「それは良かったです。私共が扱う商品には甘いお菓子もあるのですよ」

ティーカップや時計の話をしている時はまったく興味のなさそうな顔をしていたが、スイーツの話となるとちょっと違うようだ。

「異世界のお菓子ですか？」

「はい。こちらの世界にもございますチョコレートやケーキですが、やはり製法や原材料に差があるので味にも違いが見られます」

「そうですか。それは試してみたいですね」

王女様がようやく微かに微笑んだ。だが、

「姫様、これまでの努力が無駄になりますよ。今宵はお控えなさい」

宰相の言葉に、僅かに見せた微笑みはどこかに消えてしまい、能面のような顔になってしまう。ダイエットでもしてるのかな？　その割には夕飯はしっかり食べていた気がするけど。

「いまさら何をしたところで……」

王女様の目から涙が零れる。

「殿下、貴女は王族なのです。高貴な身分には責任が伴うことは殿下もよくご存じでしょう」

王女様はイヤイヤと首を振っている。親子喧嘩の茶の間に偶然居合わせた客の気分だ。

「私に恥をかかせた男に媚を売るのが王族の責任ですか!?　他の女に目がいっている男を娼婦のように誘えと宰相殿はおっしゃるのですね」

「殿下」

「失礼します！」

王女様は部屋を出て行ってしまった。宰相はため息をついて椅子に深く腰掛けた。

「どうしろというのだ……」

宰相の呟きに俺は思う。それは俺のセリフだぜ……。

◆

王女様は不機嫌に部屋を去り、俺と宰相が取り残された。気まずさがコーヒーを不味くするが、カップに口をつける以外にできることが思い浮かばない。

「ショウナイ殿」

宰相が沈黙を破ってくれたことにほっとしてしまう。今なら大抵のお願いなら聞いてしまいそうな気分だ。

「社交界で不思議な噂を聞いた。ペーテルゼン男爵家のご婦人方が一夜にして驚きの変貌を遂げられたとか。男爵夫人は失われた時を取り戻し、若さと美貌を手に入れたと聞く。ショウナイ殿、それは貴殿の施術によるものなのか？」

素直に肯定すると、ナルンベルク伯爵の視線はさらに鋭くなった。

「教えてくれ。貴殿の力でアンネリーゼ様をお美しくすることは可能だろうか？」

本当の狙いはやっぱりそこか。

「正直に申し上げれば可能です。具体的にご説明しましょう。髪のボリュームアップおよび髪質の向上、肌のツヤを良くし、余分な脂肪をとること。フェイスラインやボディーラインの自由な調整までが私の能力です」

流石の宰相も驚いたようだ。

「凄まじいな。それでは、どんな醜女《しこめ》も美女に変えられるということではないか」

「その通りです」

安売りはしないけどね。

「ただし問題もあります」

特にボディーをいじる時の話だ。

「身体のプロポーションを変えるには、どうしても目視しながら直接肌を手で触る必要があります。つまり、施術の際はその部分を私に晒し、かつ触らせなければなりません」

当然、全体が露出しないように患部だけを出すように気を使うつもりだ。だけど王族の女性、しかも男を知らないであろう王女様にそのようなことが耐えられるだろうか？　やめておいた方がいいと思うよ。俺に腹の肉を掴まれるのは屈辱だと思う。

「説得は私からする。他に問題は？」

この人はあっさり言ってのけるんだな。国のためとはいえ王女様が哀れだ。

「本人の了解がなければ施術の効果は出ないとご留意ください」

もちろん嘘だが王女の許可なく身体に触れるのは嫌だった。この宰相なら王女に薬を盛ってその間に施術させるなんてこともやりかねない気がする。

「あとは料金の問題です」

「いくらだ？」

単刀直入に宰相が聞いてくる。ここが勝負どころだ。俺のボディーメイクは依頼主の要望に一〇〇％応えることが出来る。しかも副作用が全くなく、身体の内側から健康にしてしまう唯一無二の技だ。けっして安くはできない。

「頭の上からつま先まで全てに施術をほどこすなら……三億マルケスです」

「勇気六倍」フル稼働！　俺は言ってやったぜ！　こいつだけは安売りする気はないのだ。

だけど、さすがは切れ者宰相と噂のナルンベルク伯爵だ。身じろぎもしないでポーカーフェイスを保っていやがる。

「……高額だな」

「はい。それだけの価値はあると自負しております」

怖いよぉ！　俺、捕まってエステの強制とかさせられないよね？　しばしの沈黙の後、宰相が意を決したように口を開く。

「承知した。私の裁量に任された予算内から何とかしてみよう。ただし、支払いはショウナイ殿の技がこちらの要望をきちんと満たしてくれた時だ」

勝ったよ……。俺、賭けに勝ったんだよ……。残った問題は王女殿下のお気持ちだよな。

「畏まりました。一つ提案ですが、王女様には全身の施術をされる前に頭髪ケアの施術を受けていただいたらいかがでしょう。これなら御髪《おぐし》を触るだけで済みますし、効果の程も実感していただけると存じます」

「それがよさそうだな。そのように伝えてみよう」

宰相も部屋から去り、俺一人が居間に残された。


俺はすることもないまま居間のソファーで王女様の返事を待っていた。この部屋に取り残されてそろそろ五〇分になろうとしている。今夜はこれで引き上げることになるかもしれないな。三億マルケスを稼ぎ損ねたのは残念だったが、いずれチャンスはやって来るだろう。そんな風に諦めかけていたところに宰相の使いがやってきた。どうやら王女が説得を受け入れて、頭髪のケアだけはさせてくれるらしい。たぶん髪の毛はあの人のコンプレックスになっていると思うので、薄毛が改善されれば喜んでくれると思う。気合を入れて施術してみるか！

王女にヘッドスパを施すべく早速準備に取り掛かる。最初はシャンプーをしなくてはならないので浴室にお湯をたくさん用意してもらった。王女様には多少濡れても大丈夫な服装に着替えていただいた。

「ここから先は侍女の方々と私で施術いたします。宰相様はご退出くださいませ」

浴室にまでついてきた宰相を追い払う。王女だって髪の毛を洗う姿なんか見られたくないだろう。用意してもらった台にスリーピングマットを敷いて空気を入れた。これは本来シュラフ《寝袋》の中に入れて使う山道具だが、今日は直接台に敷く。枕もついた一体型なので横になるのは楽だ。

ビニール製なので濡れてもまったく問題ない。

「それではこちらで横になってください」

王女は一言も発せず恐々とマットに身を横たえた。

「最初は髪と頭皮を綺麗に洗っていきます」

軽く段取りを説明してから施術にかかった。侍女たちに手伝ってもらい、長い黒髪にゆっくりとお湯をかける。最初はお湯だけで洗髪する。それからシャンプーを手の中で泡立てた。途端にアップルベースにレモンやカシス、ミントを加えたフルーティムスクな香りが浴室を満たしていく。ちょっと信じられないんだけど、このシャンプーとトリートメントって日本で買っても二万円もするんだよね。

「いい香り……。凄く美味しそうな匂い……」

王女様らしい感想に微かに笑ってしまいそうになる。洗髪の段階で神の指先《ゴッドフィンガー》をレベル一で発動しているので、王女様はすっかりリラックスモードだ。まずはシャンプーというものが気持ちよく、楽しいものだとわかってもらわないとね。

「痛くはありませんか？」

「いいえ、すごく安心した気持ちでいられます。そのまま続けて……」

魔力を送りながら頭皮をマッサージしていく。

「はぁ……」

安心しきったようなため息が王女様から漏れた。これなら最後まで施術をさせてもらえそうだ。

地肌も髪の毛も綺麗になったので指を離すと、王女様は残念そうな声を出された。

「もう、終わりなの？」

「いいえ、施術はまだ続きますよ。もう少しお付き合いくださいませ」

「ええ、私も楽しくなってまいりました」

シャンプーをすっかり洗い流したら、次はアボカド、高麗人参、アロエなどのエキスが入ったクリームを頭皮と髪に塗りこんだ。この段階でスキルレベル四で頭皮の状態を改善し、ハリとコシのある髪の毛に作り替えていく。惜しみなく全力で魔力を注入だ。うなれ、俺の神の指先《ゴッドフィンガー》！

「はあっ……、こんなにリラックスした気持ちになったのは久しぶりですわ。もっと痛くて怖いものなのかと思っていました」

「王女殿下にそのような無礼なことは致しませんよ。クリームの成分が髪の毛に浸透している間に爪のケアをしてもよろしいでしょうか？」

黄金の指《ゴールドフィンガー》の時にはなかった回復の能力を神の指先《ゴッドフィンガー》は備えている。これを使えばネイルケアだって道具なしで行うことが出来た。

「ええ。構いませんわ。ショウナイ、貴方にすべてを委ねましょう……」

うっとりと眼を閉じる王女の指先に魔力を込めた自分の指先を当てる。小さな爪をこするたびに透明マニキュアをつけたような美しい指先が出来上がった。左手の施術を終えて今度は右手の爪にとりかかる。

「すてき。私の爪がキラキラ光っている」

「本当にお羨ましいですわアンネリーゼ様。まるで薄桃色の真珠のようです！」

どんどんと美しくなる王女様に侍女たちのテンションも上がりまくりだ。

「それではクリームを洗い流していきましょう」

丁寧にクリームを落としてからバスタオルを何枚も出し、優しく王女の髪に押し当てて水分を吸わせた。ここで俺は秘密の道具を取り出す。前回の帰還時に購入した充電式のコードレスドライヤーだ。

「これは暖かい風で髪の毛を乾かす道具です。大きな音がしますが驚かないでください」

ブローしながら髪の毛をとかしていけば、さらさらだけどハリのある美しい髪が真っすぐに流れていく。毛量も断然増えている。

「今、殿下はザクセンス一美しい髪を手に入れられましたよ」

俺はドライヤーを止めて三歩後ろに下がる。殿下は手で自分の髪の毛をそっと握り、その仕上がり具合を見つめていた。

「どなたか、殿下に鏡を」

茫然としている侍女たちに声をかけると、糸の切れた操り人形たちは再び生命を得た。

「ああ、アンネリーゼ様、素晴らしいですわ！　ごらんください」

鏡の中の自分が別人に見えているのかもしれない。王女は鏡の機能そのものを疑うように鏡面を指でなぞる。

「ご満足していただけましたか？　美の女神アフロディアより賜りし技の一部でございます」

俺は勿体《もったい》をつけて頭を下げた。

「ショウナイ殿、ありがとう。……幼い時よりずっとあった心の痞《つか》えが取れた気がします。この髪はいつだって陰口の対象でした。自分の髪なのに好きになれたことは一度もありませんでした」

男の俺には想像もつかないくらい辛いことだったのだろう。だって王女様は涙をこぼしながらも今日一番の笑顔を見せている。

「ショウナイ殿、そなたにこの身を委ねましょう。私に術を施して下さい」

突然の申し出に俺の方が尻込みしてしまう。本当にいいのかな？　俺に身体を触らせてしまうんだよ。あとで打ち首になんてしないよね？

「殿下、ナルンベルク様よりご説明は受けられていますか？　畏れ多いことでございますが、施術の際は殿下のお肌に触れなければなりません」

「聞いております。構いませんので存分にやりなさい。私はショウナイが気に入りました」

俺よりよっぽど余裕がある。これが女の強さなのか？　二十歳に満たない女性が覚悟を決めたのだ。ならば俺も誠心誠意協力しなくてはなるまい。心身ともに健康な美を追求してやるぜ！

◆

王女様への施術は二週間かけて段階的に行うことになった。あまり急に変わってしまったら誰だかわからなくなるもんね。その間俺は毎日王宮へ通わなくてはならない。宮廷内に部屋を用意するから泊まり込みで仕事をするように提案されたが丁重にお断りした。軍務もあるしクララ様のそばから長く離れていたくはなかった。俺は忠犬コウタなのだ。わんわん！

施術は服作りから始まった。なるべく肌を露出しないように、施術を行う部分だけを出す服を作って貰う。胸やお尻を触るわけにはいかないので、美容液やボディークリームは侍女たちに塗ってもらうことにした。本当は裸になって貰って俺が一人でやってしまう方が楽なのだがそうもいかない。王女様に気を使うというのもあるのだが、他の女性のそういう部分に触れるのは俺自身がクララ様を裏切っているようで嫌だったのだ。服が出来上がるまでは時間がかかるので、最初に顔から取り掛かることにした。

初日は頭蓋骨の歪みを矯正して小顔にしていくことから始まった。今日も神の指先《ゴッドフィンガー》は快調だ。次にいつものマッサージで肌を整えて、顎や頬の脂肪を落とした。だが一気に全てを落とすことはしない。あくまでも段階的にだ。更に魔力で表情筋を強制的に動かした後、回復マッサージで癒すことを繰り返して美しい顔を作っていく。これは全身の筋肉にも応用する予定だ。こうすることで脂肪を燃焼させ、かつ代謝率をあげて太りにくい身体を作っていく。王女様は半分引きこもりのような生活をしていたらしく、この世界の人間にしては筋肉が足りていない。

「骨盤もだいぶ歪んでいますね。姿勢が悪くなってしまいます。こちらも矯正して背筋を伸ばしていきましょう。そうすれば美しい姿勢が維持できますよ」

「わかりました」

「今日からはちゃんと皆さんと一緒に晩餐を召し上がってくださいね」

「ええ」

少しずつ変化していくところを見せなければいけないので大勢の前に出る必要がある。

「それから外出なども頻繁になさってください。ヘンケンさんに頼んで街に連れて行ってもらうと良いですよ」

「あら、ヘンケンがエスコート役ですか？　もう少し若い貴公子がいいですわ」

王女様もだいぶ俺に慣れてきたようでよく喋ってくれるようになった。

「なにか運動をなさると一番いいのですが」

「でしたら、剣を習おうかしら。強くなって宰相殿に一本入れてやれば気分もよくなると思うの」

「素晴らしいお考えです」

殿下は控えめにお笑いになっていた。上流階級の女子が武芸を習うことは不思議なことではない。体も動かせるし良い気分転換にもなるだろう。夕方、殿下の体重を計測してみると五七キロで体重は朝と同じだった。だけど見た目は大分締まってきている。筋肉がついたせいだろう。大切なのはプロポーションであって体重ではない。今はこれで充分だ。

翌日には施術用の服も出来上がってきたので、肌の手入れとプロポーションの改善をしていった。胸はやはり大きい方がいいそうだ。理想の形と大きさを聞いてそれに近づけるように胸筋と脂肪の量を調整した。直接には触らずに肩からの魔力操作で行ったせいでかなりの時間がかかってしまったが、なんとか成功を収めたようだ。服の上から見た感じでは「俺グッジョブ！」て感じだ。自分でやったのに確認できないのはちょっとだけ残念だけど見ることは憚られるんだよね。王女の未来の夫には大いに俺に感謝してもらいたい。

腹に関しても直接触るのは悪い気がしたので、背中の方から魔力を注入して対処した。セルライトを消すのにかなり苦労したが、十日以上の時間をかけてじっくりと薄く脂肪ののった理想のプロポーションを作り上げていった。

顔に関してはパソコンの画像処理ソフトを使ってどのようにしていくかを話し合い、理想の形を決めて少しずつそれに近づけていく。腫れぼったい瞼をいじり、眼も少しだけ大きくした。鼻は元々すらっとしたいい形をしているのでいじる必要はないだろう。

共に過ごすうちに王女様は大分俺に打ち解けてくれた。施術の合間には一緒に剣の稽古をしたり、たまのご褒美にカロリーの低い日本製のスイーツを食べたり、パソコンで一緒にフィーネの為の物語を考えてくれたりもした。最近では出会った頃と違い、いつも笑顔でいらっしゃる。

「ショウナイ、ずっと待っていたのですよ。もう少し早く来てくれてもよいではないですか」

今日も時間通りに参内したというのに、王女様は少し頬を膨らませて可愛く拗ねている。ダイエットが楽しくなってきているな。いい傾向だ。

「お待たせいたして申し訳ございません。お詫びにこれを」

新宿で買っておいた小さな花かごを手渡すと、王女様は奥ゆかしく微笑まれた。花かごのアザレアよりもきらびやかな花が居室に花開く。プロポーションが引き締まり、自信がついてきたのだろう。

王女様は仕草の一つ一つが艶やかになっている。

「さて、今日も施術を始めましょう。美しい背中のラインを仕上げていきます。終わったら一緒に運動ですよ」

「望むところですわ。私、馬で遠乗りがしたくなりました」

「それは結構なことです。ヘンケンさんに準備をしていただきましょう」

この笑顔があればフランセアの王子もイチコロに違いあるまい。それくらい王女様は輝いていた。

こうして二週間は瞬く間に過ぎていった。

「アンネリーゼ様、いかがですか？」

すっかり信頼を得られた俺は名前で呼ぶことを許されている。大きな姿見に自分を映しながら、アンネリーゼ様ははにかむ様に目を伏せた。

「ありがとう。自分でも見違えるようだわ。貴方のおかげです、ショウナイ」

宰相も満足そうだ。

「いい仕事をしてくれたショウナイ殿。これでフランセアとの婚姻話もうまくいくかもしれない。例えダメでももっといい嫁ぎ先も考えられる」

俺としては聖女がフランセアの王子と婚約して外国に行ってくれた方がありがたいんだけどね。相変わらずユリアーナは街で偶然を装って会いに来る。最近ではクララ小隊を名指しで炊き出しの護衛を依頼してくるから困っているのだ。相手は伯爵令嬢だから拒否する権利はないもんな。それはともかく、アンネリーゼ様が幸せになってくれればそれでいいと思う。フランセアの王子がどんな人かは知らないけど、この人を傷つけるのだけはやめてほしい。アンネリーゼ様は繊細なところがあるのだ。でも、だからこそ人の痛みもわかる優しさを兼ね備えている。

謝礼は現金でもらうことが出来た。流石に国が相手だけあって支払いはとてもスマートだった。

「ありがとうございました。また珍しい品などが手に入りましたらお目汚しにまいります」

挨拶をすませて退室しようとしたところでアンネリーゼ様に声をかけられた。

「ショウナイ、宮廷に住みませんか？　そなたが近くにいてくれたら私も安心できるのです」

アンネリーゼ様は真剣な顔で俺を引き留める。頼られて悪い気はしないけどそいつは無理なお願いだ。

「アンネリーゼ様。私がお手伝いできるのは外見の美しさに関してだけです。私には人の内面の美しさを引き出せるような知識も人徳もございません。姫様はもう見た目の美しさを手に入れられました。これからはご自分の内面を磨くことにご精進ください。ですからそういった方向に姫様を導ける人物を御側におくべきだと存じます。アンネリーゼ様はまだまだ輝ける素質をお持ちです。申し出は大変うれしゅうございました」

「ショウナイ……」

差し出された手の甲に軽く口をつけて部屋を退出した。


ショウナイを見送るアンネリーゼにナルンベルク伯爵は静かに声をかける。

「姫様、貴女は王女なのです。ご自分のお立場を忘れてはなりません」

「忘れてなどおりません。こうして我儘も言わずに静かにショウナイを見送っているではないですか。……せめて別れの時くらい黙っていて欲しかったですわ。本当に無粋な方」

ナルンベルク伯爵は深々と頭を下げた。嫌われ役を演じればザクセンスで宰相の右に出る者はいない。王女の儚い初恋の最後を伯爵は眩しいものを見るかのように観察していた。横にいるアンネリーゼは二週間前とは打って変わった美しさを放っている。この輝きがショウナイの施術によるものなのか、それとも恋をした少女に訪れる突然の変化なのか、切れ者宰相にも判断はつかなかった。

◆

俺は宮殿を出て大きく伸びをする。長い二週間だった。でもとんでもなく儲かったな。原材料費は二〇万円くらいしかかかっていないのに三億マルケスも稼げたんだから。今後もこの仕事をするなら女性のアシスタントが必要だ。ボディーオイルを塗ったりする人が絶対に必要だもん。今回は侍女がたくさんいたから助かった。本音を言えば自分で塗ってみたいし、直接触った方が楽に施術できるのだが、どうしてもクララ様の顔が頭によぎっちゃうんだよね。今回のことで肩や背中から魔力を送ってもプロポーションを変えることは十分できるとわかったから、今後もこのやり方でいいと思う。

暗くなったドレイスデンを歩きながら、俺は後ろを振り返った。今日も尾行がついているのだろう。恐らく宰相の命令で俺の住処を突き止めようとしているのだ。毎日この尾行を巻いてアパートに帰るのが最近の日課になっている。

大通りへの曲がり角でダミーをつくり別々の方向へと歩き出す。これで追手を巻けたかもしれない。少なくとも人数は半分になったと思う。そんなことを何度も繰り返して街を彷徨う。城門には見張りがいるだろうから使わないようにしている。ユリアーナに遭遇してしまった夜のように城壁を「ヤモリの手」で乗り越えることが当たり前になってきている。ついでに「空歩」の練習もできるので一石二鳥だ。ようやく空中で二段ステップを踏むことが出来るようになった。この調子でいつかは「空歩」だけで壁を乗り越えられるようになってみたいものだ。アパートのある南地区につながる壁ばかり上っているのは危険なので、毎回登る城壁の位置は変えている。今日は西地区を経由した。遠回りになってしまうがドレイスデンの街の地理にはだいぶ詳しくなった。西地区は職人さんが多く住んでいる印象がある。鍛治屋や紙屋、布屋を多く見かける。今度の休みは昼間に来てみたいものだ。何か面白いものが見つかる気がする。

第3章

episode.03

A man with a thousand skills

風の上月（三月）も半ばを過ぎたが、寒い日が続いている。ザクセンスの春はまだ遠いようだ。アンネリーゼ様の依頼を果たし、急ぎの用事がなくなった俺は、クララ様のはからいで二日連続の召喚をしていただいた。おかげで新たに二つのスキルが加わっているぞ。

スキル名　山菜取り
キノコや山菜など森の中の採取が得意になる。
ファンタジーの王道、薬草採取もこれでバッチリだ。

俺は山形出身だけど山菜取りの経験は少ない。学校行事とか友達の家族に連れられてやったことがあるくらいだ。慣れていないと中々見つけられないのだが楽しかった思い出がある。タラの芽の天ぷらとかキノコ汁は大好きだ。スキル「植物図鑑　入門編」と組み合わせたら楽しい趣味になりそうではある。

スキル名　夜目
暗い場所、僅かな光源でもモノが良く見えるようになる。
夜間の活動もこれで完璧。
蝋燭やランプが無くても平気になるからお財布にも優しいスキル。

これは頼もしい。夜間巡回の時とか非常に便利だと思う。ザクセンスは王都だけど街灯は驚くほど少ない。これでカンテラやフラッシュライトが無くても安心して出歩けるぞ。

俺のスキルもだいぶ増えてきたな。久しぶりにちょっと整理してみるか。

「勇気六倍」「言語理解」「空間収納」「種まき」「麻痺魔法」「気象予測」「ヤモリの手」「水上歩行」「黄金の指→神の指先」「植物図鑑　入門編」「引き寄せ」「犬の鼻」「棒術」「ダミー」「虚実の判定」「水泳」「空歩」「山菜取り」「夜目」

「勇気六倍」や「犬の鼻」「言語理解」なんかはパッシブだし、当たり前のように自然に使っている。その他のスキルに関していえば一番使用頻度の高いのは「気象予測」だろうか。朝起きて最初に使う癖がついてしまった。逆に全く使ったことが無いのが「種まき」と「水泳」だな。なかなか使う機会がない。季節がずっと冬だったから仕方がないよね。「空間収納」に関してはまた少し成長があった。

高さ三三×横幅三八×奥行六三（cm）から、

高さ三八×横幅四五×奥行六七（cm）と、結構広くなったのだ。

数字だけを見ると顕著な差はないのだが、実際使ってみると収納力が大分上がっていることがわかる。今回も日本からいろいろなものを買ってきたが大いに役立ってくれた。

日本のお土産といえば、最近フィーネはすっかりグルメだ。今はエシレバターのバタークリームケーキにはまっている。先日、仕入れの関係で行った丸の内で偶然購入できたものだが、それを食べたフィーネは直ちに魅了されてしまったのだ。今まで食べたことが無いようなミルキーなコクがあって俺も大好きになった。このケーキを二回目に買ってきた時にフィーネは「パパ大好き！」といって大喜びした。「人をオヤジ扱いすんな！」と口では文句を言ったが、内心でははしゃぐフィーネを可愛く思っている。また買ってきてやるとしよう。ちびっこはこういうところが得だよね。

一日の仕事が終わりアパートに帰る時間だ。クララ様とは業務報告という名のイチャイチャタイムを五分間だけ楽しんだ。本当はもっと一緒にいたかったのだが人の出入りが多いのでたくさんの時間は取れない。でも障害が恋心を燃え上がらせるのは何時《いつ》如何《いか》なる場所でも共通の事実だ。異世界であってもそれは変わらない。いい気分で帰宅しようと思ったのだけど、正面玄関からユリアーナの匂いがしていたので裏口からそっと帰宅した。

「ヒノハル様！　お会いできてよかった」
兵舎の裏口にいたのはユリアーナの侍女のカリーナさんだった。うっかりこの人の匂いを忘れていたよ。きっとユリアーナの命令で裏口を見張っていたのだろう。寒かったのか頬を赤くして俺の方へ小走りで寄ってくる。相変わらず、とても可憐で美しく、純真そうな少年だ。まったくもってこの人が男であることが信じられない。でも「犬の鼻」は残酷なくらい俺に真実を教えてくれる……。
「こんにちはヒノハル様」

「カリーナさん。こんな場所で奇遇ですね」

この寒い中をいつから待っていたのだろうか？　主人のためとはいえご苦労なことだと思う。

「ヒノハル様、正面玄関でユリアーナ様がお待ちです。ご同行いただけませんか？」

いやだ。会いたくない。オレ、セイジョ、コワイ。片言になるほど怖いんだよ。

「実は急ぎの用がございまして」

俺はカリーナさんの手を両手で握って懇願する。相手が男の子だとわかっていると気軽に触れられるね。

「カリーナさん！　どうか見逃して下さい！　お願いします!!」

「ヒ、ヒ、ヒ、ヒノハル様!?」

プリーズ！　目を見つめて真剣にお願いする。

「今日はどうしても一人で静かに過ごしたいのです。カリーナさんこの通りです」

懇願する俺にカリーナさんは慈愛に溢れる眼差しを向けてくれた。

「……わかりました。ここはこの私に任せてお逃げ下さい。後のことは何とか致します！」

おお！　俺にはユリアーナよりカリーナさんの方がよっぽど聖女に見えるよ。

「ありがとうございます！」

丁寧に頭を下げて立ち去りかけたが思い直した。借りを作ったままは良くないよな。空間収納を開いて日本から買ってきたクッキーと小さなテディーベアを取り出した。テディーベアはベルリオン侯爵のお孫さんに買ってきたものだがカリーナさんにあげてしまおう。

「これ、つまらないものだけど食べて下さい。ぬいぐるみは気に入らなかったら知り合いのお子さんにでもあげて下さいね」

「あっ…………」

いつ聖女がやって来るかわからない。俺は足早にその場を立ち去った。

「ありが……とう……ございま……」

放心から立ち直り、ようやくカリーナがお礼を言えたのは既にヒノハルが立ち去った後だった。兵舎の裏口でテディーベアを胸に抱きしめるカリーナはどこからどう見ても恋する乙女なのだが、ヒノハルはその事実を知らない。

◆

太陽は西に傾き、通りは家路を急ぐ人たちで溢れている。今日の夕飯はどうしようか。選択肢は二つ、家で食べるか外で食べるかだ。空間収納の中には炊き立てのご飯がしまってあるのですぐに食事にすることはできる。野菜のたくさん入った味噌汁でも作って、デパートで買ってきたお惣菜を出せば、バランスもよく美味しい夕飯になる。でも今日はその味噌汁を作るのも、後で片づけをするのも億劫なのだ。

お金ならあるんだから家事をしてくれる女中さんでも雇おうかな。なり手は多いのですぐに来てくれるそうだ。日中に掃除と洗濯をしておいてもらうだけでもだいぶ楽になると思う。中隊長クラスで兵舎以外の暮らしだと、女中を雇っている人も多いと聞く。

俺の「犬の鼻」が血の臭いを感じ取ったのは、そんなことを考えながら近道の路地裏に入った時だった。

袋小路の一角で三人の男が一人の男を取り囲んでいた。男は殴られでもしたのだろう、口から血を流して倒れている。倒れた男を更に痛めつけようと暴漢たちは脚を上げて踏みつけていた。

「この背教者《はいきょうしゃ》が！」

「思い知れ！」

俺も警備兵のはしくれだし、流石に見てみぬふりはできないよな。魔力を具現化して棒を作り出す。

「お前ら、何をやっている！」

武器を構えたまま兵隊用の笛を思いっきり吹いた。近くを巡回をしている兵士がいれば来てくれるはずだ。なるべく壁によって暴漢たちの退路は残しておいたら、すぐさま逃げていった。俺が警備兵の制服を着たままだったのが良かったのかもしれない。

「大丈夫か？　血が出ているようだが」

「はい。口を切ったようです」

小柄な男だった。一見職人のように見えるけれどもちょっと違う。もっと線の細い感じだ。だからといって商人という感じでもない。

「ありがとうございました。兵隊さんが来てくれなかったら想像するだけでも恐ろしいですね」

男はハンカチで唇から出た血をぬぐった。

「あいつらは強盗か何かかい？」

「いえ、過激な長老派の信徒ですよ」

長老派？　すっかり忘れていたがノルド教の一派だな。エマさんも長老派の信徒でバイクに乗っていた俺を詰問してきたことがあった。魔道具や工業に頼りすぎることを嫌い、自然と共に生きることを説く一派でもある。中には過激な連中もいて、こんな風に自分の意に染まない人を襲うこともあるそうだ。もっともそれは対立している開明派の信徒も同じらしい。

「長老派に襲われていたってことは君は開明派の信徒かな？」

「とんでもない！　僕はエベン派です」

エベン派というのはよく知らないな。

「じゃあ何で襲われてたの？」

「自分が技術者だからだと思います」

技術者だと。この世界で技術者を自称する人間を初めて見た。珍しそうに見ている俺に彼は説明を付け加えてくれた。

「僕の名前はオリヴァー・バッハ。軍に委託されて魔導砲の改良や城門の改修なんかを仕事にしているんです」

ついに探していた技術者を見つけたぞ。これぞセラフェイム様の導きか。この世界の技術について早速情報を引き出してみることにしよう。


襲われていたオリヴァー・バッハの傷は大したことはなかった。治療の必要もなさそうだ。

「そうか、君は技術者なんだね！」

探していた技術者に会えたので嬉しくて仕方がない俺にバッハは不審の眼を投げかけてくる。怖がらせてしまったようだ。

「ありがとうございました。私はこれで……」

そそくさと帰ろうとするバッハを慌てて引き留めた。

「ちょっと待って。これを見てくれ」

ポケットからフラッシュライトを取り出す。

「それは？」

技術者なら自分の知らない技術を見せられたらきっと興味が湧くと思うんだよね。

「まあ見ててよ」

既に薄暗くなりかけていた路地裏がフラッシュライトの灯りに白く照らし出された。

「お、お、お……」

言葉にならないほど驚いているな。好奇心が恐怖を凌駕しているのだろう。先程まで逃げようとしていたのに、今のバッハはもうフラッシュライトのことしか目に入っていない様子だ。フラッシュライトを渡してやると怖ず怖ずと手を伸ばしてきた。

「眩しいからこちらにライトを向けないでね。自分で光を見るのもダメだよ」

それは軍に正式採用されるほどのフラッシュライトだ。一般の数倍にもなる明るさと堅牢性を備えている。

「はい」

緊張しながらもしきりにライトを観察して材質などを調べているようだ。

「やっぱり興味があるみたいだね」

「はい。とんでもない代物です」

今の「はい」に嘘はないな。「虚実の判定」を使うまでもない。尋常じゃない興奮がバッハから伝わってくる。

「これはどういったものなんですか？　魔道具のようですが、どのような原理で光っているのか僕にはさっぱりわかりません」

「そいつは異世界の道具だよ」

「異世界の道具⁉」

「うん。俺は異世界人だからね」

バッハ君は声も出せないようだ。だけど俺に興味は持っているな。正確に言うと俺の持っている道具にだけど。

「ちょっと付き合わないかい？　もっと面白いものを見せてあげることだってできるよ」

生まれて初めてのナンパが男相手になるとは思わなかった。

「ホテル・ベリリンに部屋をとってあるんだ。いろいろと君の興味を引くものがあるはずだ」

いきなりホテルに誘うのはどうかと思ったが、外で気軽に見せられないものも多い。アパートの場所を現段階で知られるのも問題だろう。だったら吉岡が滞在しているホテルの部屋が一番いいと判断した。バッハ君が優秀ならいろいろな技術を彼に託してもいいし、例えそれが無理でも優秀な技術者を紹介してもらえるかもしれない。


無線機を取り出して吉岡に連絡する。

「突然ですね。緊急事態ですか？　どうぞ」

「技術者を見つけたんだよ。そっちに連れて行くけどいいかな？　どうぞ」

「マジっすか!?　自分は今部屋なので来てもらって大丈夫ですよ。どうぞ」

「了解。すぐに向かいます。以上」

「了解。以上」

バッハはハンディー無線機を茫然と眺めている。

「これは通信機ね。流石にいきなりこれの開発は無理だと思うけど、もっと違う技術もあるからね。

印刷機っていってさ――」

　喋りながら歩き出すとバッハは何も言わずについてきてくれた。夢中で俺の話を聞いてくれている。彼の中から情熱の塊みたいなものを感じるよ。鞄から羊皮紙とペンを出してメモを取ろうとしたので、小さなメモ帳と水性ペンをプレゼントしてあげた。こっちの方が使いやすいよ。

「今日はなんて日だ……」

　水性ペンとメモ帳を見つめながらバッハが呟く。

「セラフェイム様のお導きだと思うよ」

たぶん、本当にそんな気がするんだよね。イケメンさんは何も言ってこないけど。


ホテルの一室で吉岡とバッハを引き合わせた。吉岡はカワゴエに偽装したままで新たに部屋を借りていた。慎重な吉岡らしく自分の部屋で会うことは避けたようだ。俺もショウナイに偽装しておければよかったのだが、暴漢からバッハを助けた時はヒノハルの姿だったので今更変装も無意味だ。

「こちらはオリヴァー・バッハ君二二歳。ドレイスデンで技術者をしているそうだ。バッハ君、彼はカワゴエという知り合いの商人だ」

　一通りの挨拶も終わり、俺たちは早速、活版印刷の説明をすることにした。取り出したのは「趣味の科学マガジン」のミニチュア活版印刷機だ。以前クララ様と一緒に組み立てたものをテーブルの上に置いて説明していく。

「これが活版印刷機のミニチュアだ。同じ文字を大量に印刷することが出来る機械なんだ」

百聞は一見に如かずなので実際にやって見せることにした。紙に印字された文字を見てバッハ君は興奮を隠せない。

「今ある活字は俺の故郷の文字だからわかりにくいと思うけど、これと同じものが作れたら、記録というものに革命がおこると思うよ」

知識の集約と拡散が加速度的に早くなるだろう。

「ヒノハルさん、あなた方はいったい何を望んでらっしゃるんですか」

バッハ君がかすれた声を上げた。

「俺たちが依頼されているのは聖典の印刷だよ」

「聖典の印刷……。依頼されているとおっしゃいましたが、いったい誰に依頼されているんですか？　もしかして神殿の枢機卿とか、まさか法王様⁉」

いや、もっとずっと上だ。人ですらない。

「セラフェイム様だよ」

バッハ君が滝のような汗をかいている。

「とんでもない話なのに嘘をついているとは微塵も思えないところが凄いです。先程のフラッシュライトから始まり、通信機、水性ペン、メモ帳、そしてこの印刷機。これだけのものを見せられたら疑うことも出来ません」

俺は「虚実の判定」をアクティブにする。

「俺たちに協力してくれるかい？」

「もちろんです！　私もノルド教の信徒です。ヒノハルさん方にお会いできたことを天啓と受け止めますよ。それに、こんな素晴らしい機会を与えていただいて技術者として奮い立たないわけがないです！」

バッハ君の言葉に嘘はなかった。だけど俺はノルド教の信者ではないんだけどな。ややこしいことになるから黙っておくか。

既に小型の卓上印刷機は日本で手に入れてあるので、最初はザクセンス文字の活字を作ることから始めることにした。ザクセンス産印刷機のプロトタイプを作ることも同時進行でやっていく。

「最初はこれで大まかな活版印刷の概要を理解してね。文字の翻訳はこちらの紙に書いておいたから」

新たに買いなおした未開封の「趣味の科学マガジン」を渡す。バッハ君はとても真剣な目で読み始めた。今読まなくてもいいんだよ。

「組み立てキットもテキストを読みながら組み立てていいからね。それによって理解が深まると思う」

「わかりました。今夜はとても眠れそうにないですよ！　家に帰ってすぐに組み立ててみたいです！」

やる気に満ちていてたいへんよろしい。バッハ君は自分の住居兼工房を持っているそうなので、食事の後に送っていくことにした。工房を見ておきたいというのもあったし、空間収納の中に入っている卓上活版印刷機を届けるためでもあった。なにせ本体の重量が五〇キログラム以上あるので、一人で運ぶのは非常に困難なのだ。その上、周辺機器も多岐に渡る。インクや油を扱うのでおいそれと開封することも出来ない。その点、工房なら問題もないし、バッハ君も是非工房に置かせて欲しいと言ってくれた。

「開発資金に関しては全額こちらで用意する。ただし一〇万マルケスを超える金銭の授受は当面はカワゴエか自分を通してもらうね」

バッハ君の裁量権は月々一〇万マルケスまでだ。その範囲内だったらどう使っても自由だ。俺たちの仕事が煩雑になってしまうが、トラブルを避けるためには仕方がない。職人を雇う場合や消耗品費が予想以上にかかる場合は応相談とした。その内、信用できる人を会計に雇いたいものだ。

「全く問題ありません。明日にでも活字を作ってくれる工房を探して見積もりを取ってきます」

物凄いやる気を見せてくれている。とりあえず活字さえ出来れば印刷は開始できる。後は本の装丁だが、これもバッハ君の方で知り合いを当たってくれることになった。

食事をしながらバッハ君と話してみたが、なかなか優秀な人だった。科学的な知識もかなり高度なレベルで持っている。ザクセンス王国の王立アカデミーの会員でもあるそうだ。ザクセンス王国の研究機関は王立アカデミーと神殿付属大学研究所の二つがあり、大抵の知識階級はどちらかの組織に加入しているらしい。だけど、これらの機関は仲が悪いわけではない。むしろ併存しているといってよいそうだ。人によっては両方に席を置いている場合もあるし、特に重鎮と呼ばれる人にそういう人が多いとのことだ。内部での派閥争いはすごいようだけどね。アカデミーには王族や貴族階級の人が多く、神殿付属には宗教関係者の割合が増えるそうだ。

夕食後に案内された工房は俺のアパートからそう遠くないところにあった。徒歩で一五分くらいの距離だ。一階は五〇㎡くらいの一間でこれがバッハ君の工房だった。二階は居住スペースになっているそうだ。予想していたよりずっと立派な工房だ。国から仕事を委託されるくらいだから報酬もいいのかもしれない。工房の中は大きな作業台が部屋の中央を占めていた。壁には整然と道具が並べられバッハ君の几帳面さが窺えた。吉岡と気が合うかもしれない。俺は物凄く汚すこともないけれど、いつも清潔に保てるほど綺麗好きでもない。ある程度汚れてきたらまとめて綺麗にするタイプなんだよね。

空間収納を開いて三人掛かりで卓上活版印刷機を設置した。周辺機器も取り出していく。
「とりあえずこいつの使い方をマスターしてほしい。インクなどが足りなくなったらまた買ってくるからね」
爛々とした目つきでバッハ君が印刷機に触れている。

「最終的には紙やインクの開発もしていって欲しいから、そちらの職人にも声をかけてね。開発費用が欲しい時は具体的な見積もりを書面で出して」

「承知いたしました。とりあえずはこの印刷機の使い方をマスターします。すぐにでも印刷を始めるのなら私の他にもう一人くらい専用の職人を育てるべきではないでしょうか？」

印刷を専門に請け負う職人は必要になってくるな。

「バッハ君の言う通りだ。その辺の雇用もバッハ君に任せるよ。だけど採用は人柄重視でお願いね」

やっぱり変な人と仕事をするのは嫌なんだよね。能力が突出しているけど身勝手な人より、能力は平均くらいでも人を思いやれる人との方が楽しく仕事ができると思う。もっとも、印刷機関係に関してはバッハ君に全て丸投げする気だから細かいことは言わないよ。とりあえずやりたいようにやってくれ。当面の資金を渡して俺と吉岡は工房を後にした。

吉岡に俺の部屋に来てもらって今後のことを話し合っていく。

「印刷機の計画が動き出しましたね」

「うん。ほぼ予定通りだよ。例の話はどうなった？」

俺が聞いているのは吉岡が見つけてきた店舗用の賃貸物件のことだ。いまのところドレイスデンの一等地にある三階建ての建物が最有力候補になっている。一階の店舗スペースは二四〇㎡弱で、ただいま持ち主との間で交渉を進めている最中だ。

「三年の借り上げで、保証金として三千万マルケスを預けろと言ってきました。改装については図面を見てから承諾するか否かを決めるそうです」

三千万か。吹っ掛けてきたな。保証金の相場は一千万くらいだと聞いていたのに。

「払えない額ではないけど、どうするかな。家賃の方は？」

「建物丸ごとで月七二万マルケスです」

東京の一等地と比べてしまえばずいぶん安く感じられるが、ドレイスデンでは高い方だ。だけど、年間八六四万マルケスなら悪くない。

「家賃に関してはこれでいいと思う。吉岡の意見は？」

「自分も同じですね。補償金に関しては相手も本気ではないと思いますよ。一〇〇〇万以上は欲しいみたいですけどね」

平均を多少オーバーするくらいなら仕方がないか。

「商人ギルドに提出する書類は作成済みです。後は店舗の住所が決まればそれを書き込むだけの状態ですよ」

俺たちの会社名は「アミダ商会」にした。社名に深い意味はない。俺が初めてこの世界に来た時に登っていた山の名前からとっただけだ。ギルド登録料として五万マルケスを徴収されるそうだ。ちなみに店舗を出す際にも税金を払わなければならない。売り場や倉庫の面積によって一定の税を年ごとに徴収される。法人税のように利益に加算されていくわけではない。

「物件は今交渉中の場所でいいと思うよ。後は吉岡に任せる」

「わかりました。今週末までに決めてしまいます」

遂に店の場所も決まりそうだ。後は内装と従業員だな。ハンス君のお姉さんとの面接が少し先に迫っている。どんな人か楽しみだ。即戦力になってくれればありがたい。そういえば俺たちが出した手紙がそろそろリアに届いた頃だな。リアたちが王都に来てくれれば更に助かるはずだ。

話が一段落したところで緑茶を淹れた。やっぱり俺は日本茶が一番好きなんだよね。今日は佐賀《さが》県嬉野《うれしの》産の茶葉だ。

「そういえば、先輩はハウスキーパーを雇わないんですか?」

雑然とした部屋を見渡しながら吉岡が聞いてくる。日本式の住居と違い土足厳禁ではないので、部屋の床にはうっすらと汚れが目立っている。ランドリーボックスも洗濯物で一杯だ。日本に帰った際に洗濯機で洗うように心がけてはいるのだが、前回の帰還の時は忙しくて洗濯まで手が回らなかった。だからといってユリアーナが勝手に洗濯を持ち帰るのも嫌なんだよ。なにかされそうなんだもん。

「吉岡はどうしてるの?」

「自分はホテル暮らしですから」

そうか、ホテルなら掃除は毎日やってくれるし、金さえ払えば洗濯のサービスもある。これからどんどん忙しくなりそうだし、やっぱり通いの女中さんを頼んでみるとするか。家事から解放されればその分副業に精が出せるというものだ。

朝の出勤時にアパートの管理人さんに家事代行をしてくれる人を紹介してもらえないかと頼んだら、今日の夜にでも引き合わせると言ってくれた。

午後の執務室で俺とクララ様は寛いだ時間を過ごしていた。エマさんは実家に急用が出来て帰っていたし、ハンス君もそれについていった。フィーネは本部に書類を届けに行っていたし、吉岡は相変わらず別行動だ。窓から差し込む光は暖かく思わず眠気を誘ってくる。

二人で微睡《まどろ》んでいられたら最高なのだがここは兵舎だ。小さくあくびをしたクララ様が可愛かった。

「濃い紅茶でミルクティーを作ります。少し休憩してください」

「うん、頼む。用意ができるまでにこの書類を書き上げてしまうよ」

眠気を覚ますべく紅茶をいれた。カップをクララ様の前に置いてあげたら唐突に手を握られてしまった。

「どうしました?」

「なんでもない」

最近クララ様は突然ちょっとだけ甘えることがマイブームらしい。そんなに長く甘えているわけではなくて、ちょっとした隙を窺って一分くらいくっついてきたり、こんな風に手を握ってくる。どうやら甘えるという感覚が新鮮で楽しいようだ。

クララ様は小さい頃にお母さまを亡くしている。お父上は厳しい人だったようだし、誰かに甘えた経験があまりないのかもしれない。そのくせ責任感の強い人だから小さい頃から周囲の期待に応えようと頑張ってきたのだと思う。本当はもっともっと甘やかしてあげたいくらいだ。でもクララ様は多くを望まない。本当に慎ましやかな人なのだ。クララ様のこれまでの苦労を考えたら涙が滲んできそうだ。なにか気晴らしをさせてあげられたらいいのに。そう考えた俺はいいことを思いついた。

「クララ様、変身ごっこをしませんか？」

「変身ごっこだと？」

空間収納から変装用のウィッグを取り出した。

「これですよ」

「それはコウタがショウナイになる時のカツラだな」

その通り。俺はもう一つ、予備の暗い栗毛色のウィッグを出してクララ様に渡した。クララ様は満月の光を落とし込んだような銀髪をしている。だからウィッグを被っただけで印象がだいぶ違うはずだ。

「いかがです？」

鏡をクララ様の前に出して差しあげた。

「別人みたいだ……」

うん。相変わらずの美貌だがちょっと見ただけではクララ様とは気づかれないと思う。

「それを被って服装も庶民の服を着て遊びに行きませんか？」

戸惑っていたクララ様の顔がパッと明るくなった。

「その、デ、デートなのか？」

「その通りです。これなら変な噂が立つこともないでしょう」

再び手を握られてしまった。さっきよりもずっと強くだ。

「いつがいいでしょうね？」

「今夜がいい！」

やっぱり？　あ、でも今夜は新しい女中さんが挨拶に来るんだよね。俺は事情を話した。

「そうか。それでは仕方がないな」

しょげるクララ様を見ると胸が痛む。

「では、クララ様も一緒に面接をして下さい」

「私が？」

「ええ。偽装して私のフィアンセということにしましょうか？」

冗談めかして聞いたのだがクララ様の眼は真剣だった。

「いいのか？」

だから俺も誠実に答えた。

「勿論です」

その日のキスはいつもよりどこか荘厳で儀式めいたもののように感じた。でも、全然嫌な感じじゃない。せっかく入れたミルクティーは冷めてしまったが、俺たちの眠気もどこかへ行ってしまっていた。

クララ様は兵舎での夕食をキャンセルして俺とは別々に門を出た。外で待ち合わせて一緒に帰るためだ。夕飯は以前そうしたようにアパートで食べることにした。空間収納の中に作りたての焼き鳥があるからそれを出してみよう。クララ様は何でもよく召し上がるから醤油味のタレでも平気だと思う。保険で塩の焼き鳥も買ってあるから大丈夫だ。通は素材の味が生きる塩を好むそうだけど、俺はどちらかというとタレの方が好きだ。天ぷらも塩で食べるより天つゆの方がいい。塩で食べるのも美味しいけど、寂しい気がするんだよね。味が孤独な感じでさ。

街路に立ち、クララ様が俺を待っている。平和な夕暮れ時は人をワクワクさせるような魔法の力が働いているのかもしれない。家々の煙突から流れてくる煙と料理の香り、沈む夕日、遠くから俺を見つけて嬉しそうに目を伏せる君。蕾がほころびかけているアーモンドの花、今いる空間のあらゆるところに幸福が溢れている。

アパートに戻る前に二人で古着屋によってクララ様の服を買った。古着屋と言っても上等な部類に入る店で、商家の娘が着るような簡素なワンピースと上掛け、毛織のショールなどを購入した。店の中で着替えて栗色のウィッグを被れば誰もクララ様とはわからない。剣は俺が預かって空間収納の中にしまった。

「まいりましょう」

「うん」

二人で緊張しながら並んで歩く。普段なら俺は必ずクララ様の後ろを歩いている。だからこんな当たり前のことさえ新鮮に感じるのだ。

「どこか寄りたいところはありますか？」

「少し街を歩きたい気分です」

「クララ様？」

いつもと口調がちがうんだけど、どうしたのかな？

「今日の私はコウタさんのフィアンセですから」

ああ、世界中の皆に先に謝っとく。ごめん！　俺、すごく幸せだ。「もげろ」「はぜろ」「タヒね」どんな言葉でも今なら受け止められる気がする。

「散歩をしながら帰りましょう。クララさん」

沈む夕日が世界の全てをセピア色に染めていく。俺たちの頬が少し赤くなっていたとしてもそれに気が付く人は誰もいないだろう。世界はそこにクララ様がいるだけで素晴らしかった。


遠回りをして散歩を楽しみながら帰ると、紹介してもらった女中さんは既に玄関で待っていた。歳の頃は俺と同じくらいだろう。スレンダーというよりもかなり痩せていて、顔色もあまりよくない。落ち着いた話し方で、優しそうな感じなのだが何処か薄幸そうな人だった。

「ビアンカと申します。よろしくお願いします」

挨拶の声にも力強さというものがかけらもなかった。西地区に住んでいる女中さんに対し、俺は逞しいイメージを持っていた。いつも太い腕で水桶を運び、よく響く大声で喋りながら井戸端で洗濯をしている光景をしょっちゅう目にしていたから。だけど、目の前のビアンカさんはとても華奢だ。今にも貧血で倒れてしまいそうだぞ。

「この部屋は三階にありますし、水を運ぶのはかなりつらいと思いますが大丈夫ですか？」

「はい。お仕事には誠心誠意とりくみます。きっとご期待に沿えるよう頑張りますので雇ってはいただけないでしょうか」

結構必死な様子に驚いてしまう。俺としては三日に一度くらいの頻度で来てもらって掃除、洗濯、水汲みをしておいてもらえれば充分だ。その都度支払う給金は一五〇マルケスというのが相場だと聞いている。はっきり言って大した額ではないがビアンカさんにとっては重要な収入なのかもしれない。

「ご家族はいますか？」

クララ様が質問している。

「夫は五年前に他界いたしまして、それからずっと一人暮らしです。子どももおりません」

「親戚は？」

「もともと南部のベネリア出身でございます。結婚の時にドレイスデンに引っ越してまいりましたので近所に親族はおりません」

ビアンカさんが一瞬だけ懐かしそうな、それでいて辛そうな顔をした。ベネリアっていうのは数百

キロくらい南下したところにある海沿いの都市だったと思う。親兄弟がいたとしても気軽に会える距離じゃないな。

「コウタさん。どうでしょう先ずは二、三日働いてもらって様子を見たら」

それがいいだろう。せっかくここまで来てもらって手ぶらで帰すのもかわいそうだ。体力はなさそうだけどやる気はあるみたいだし、真面目そうでもある。いつから働けるかを聞くと、すぐにでも仕事が欲しいという返事だった。

「それでは明日から来てもらいましょう。よろしくお願いします」

話がまとまるとビアンカさんは安堵したような表情をした。ひょっとすると収入がなくて困っていたのかもしれない。嬉しそうに何度も礼を言い、青白い顔に僅かな赤みがさしていた。

帰ろうとして椅子から立ち上がったビアンカさんは軽い目眩を起こして立ちすくんでしまう。本人は誤魔化そうとしていたが、必死でテーブルを掴む手が痛々しかった。

「コウタさん……」

クララ様が一生懸命目で訴えてくる。大丈夫、俺も心配ですから。

「ビアンカさん。これを持って行ってください。たくさんもらったのでお裾分けです」

袋にドライプルーンを包んで大きなホットドッグと一緒に渡してやった。ビアンカさんはびっくりしたようにこちらを見つめている。いきなり温かい食べ物が出てきたから驚いたかな？　作りたてを購入して空間収納に入れておいたから熱々なんだよね。

「今夜はそれを食べて明日は元気に働きに来なさい」

「奥様！」
ビアンカさんは涙ぐんでいた。

暗くなった通りで足を急がせながらビアンカは新しい雇い主が持たせてくれた包みを開けた。途端に食欲を刺激する芳香が立ち上る。細長いパンには大きなソーセージが挟まれていた。昨日の昼にひとかけらのパンを食べたきりずっと水しか飲んでいない。我ながら浅ましいとは思ったが空腹には耐え切れず、建物の陰に隠れビアンカは貰ったばかりの食べ物を口に入れた。口内にジューシーなソーセージの肉汁が広がり、眼には涙が溢れた。パン以外のモノを口に入れるのは本当に久しぶりだった。美味しいものが食べられたという感激、今日を生き延びられたという安堵、そんな気持ちがない交ぜになって涙という形で感情が発露してしまったのだ。

ビアンカは瞬く間にホットドッグを食べつくし、ほっと息をつく。あまりに夢中だったので何故か貰ったパンが出来たてのように温かいことに疑問を挟むことすら忘れている。あるのは食事を得られた安心感、充足感、感謝の念だけだ。明日は早速お部屋にうかがって隅から隅までピカピカに磨き上げようとビアンカは思った。自分にはそれくらいしかお返しするものがない。もしも、先ほど食べ物を貰っていなかったら翌朝には起き上がれない程衰弱していたかもしれないのだ。

先週ビアンカは風邪をひいた。仕事は体調を誤魔化しながら頑張っていたがそのうちに起き上がれないほど悪くなり、五日の間、床から離れられなくなってしまったのだ。週ごとに払わなければならない家賃を払ったら蓄えはすぐに底をついた。今、ビアンカの財布に残っているのは僅かに銅貨が二枚だけだ。二〇マルケスではせいぜいパンが一つ買えるくらいが関の山だ。それまでの奉公先は病気の間に首になっていた。迫りくる餓死に怯えながら今日の面接を最後の希望として受けたが、神様は自分をお見捨てにはならなかったとビアンカは感謝した。

通りの向こうに西の大門が見えた。城壁の上には時空神の使徒セラフェイム様の彫像が見える。ビアンカは両手を合わせて頭《こうべ》を垂れた。セラフェイム様はドレイスデンの守護天使だ。

「(時空神様、セラフェイム様、ヒノハル様たちにお引き合わせくださいましてありがとうございました。お陰様で今日を生き延びることが出来ました)」

ビアンカは短く祈り家路を急いだ。既に自分が運命の転換期に差し掛かったことをビアンカはまだ知らない。この夜から、幸薄い女の運命は大きく変わろうとしていた。

◆

仕事に出かける前に、ビアンカさんに支払う予定の一五〇マルケスをテーブルに置いた。置手紙も書いたがビアンカさんが読めるかどうかは微妙だ。ザクセンスの識字率は低い。内容は「よろしくお願いします。給金はテーブルの上に置いてあるものを持って行ってください。クッキーは休憩の時にでも食べて下さい」と簡単なメモだ。もともと金はテーブルの上に置いておくということで話してあるから問題はないのだが、横に置いたクッキーに関しては手紙が読めなければそのまま放置されてしまう可能性もある。絵を描いて説明するのも俺には無理そうだし時間も無かった。今日はちょっぴり寝過ごしたのだ。もどかしい気持ちを抱えたまま制服に袖を通し、手紙の内容を察してくれることを祈りながら部屋を出た。

一日の仕事を終え、アパートの部屋に戻ってきた俺は思わず廊下に飛び出した。違う人の部屋に間違って入ってしまったのかと思ったのだ。それくらい室内はピカピカに磨かれていた。床石は丁寧にモップ掛けされていたし、窓もテーブルにも埃一つ落ちていない。洗濯物も綺麗に畳まれて、あるべき場所にしまわれていた。テーブルの上のお金とクッキーが消えていてホッとする。こちらの意図をちゃんとわかって貰えたようだ。それどころか、メモの横には達筆でビアンカさんからの返事まで書いてあった。

「お心遣いに感謝いたします。至らない点もあるかと思いますが今後ともよろしくお願いいたします。お返事を書くのに勝手にテーブルの上のペンを使わせていただきました。お許しください。不思議なペンですね。　ビアンカ」

至らない点なんてどこにもないよ。一五〇マルケスじゃ安いくらいかもしれない。ビアンカさんは読み書きができるのか。もう少し活躍できる場もありそうだが難しいのかな。体が弱そうだし、ドレイスデンでは身寄りもないようだから就職もうまくいかないのかもしれない。年齢も俺より一つ上の三一歳だ。一度吉岡に頼んで体調を診てもらったほうがいいな。お礼に肩もみ券を五枚あげれば吉岡なら喜んでやってくれると思う。なんせ、普通の肩もみじゃなくて神の指先《ゴッドフィンガー》だもんね。俺の神の指先《ゴッドフィンガー》も回復魔法と同じ作用を施すことはできるんだけど、直接肌に触れなければならないから厄介なのだ。

その日から俺がメモを残し、ビアンカさんが返事を書くというささやかなコミュニケーションが俺たちの間でとられるようになった。誰もいないアパートに帰ってくるのは寂しいものなので、数行のメモがちょっとした楽しみになっていった。内容は大したものではない。

――寒さがぶり返してきましたね。体調にはお気をつけて。テーブルの上のカップにお湯を注ぐとハニージンジャーレモンという飲み物ができます。体が温まりますので休憩の時に飲んでください。

追伸　よくかき混ぜないと粉が溶けません。スプーンでしっかりかき混ぜてから飲んでください。

ヒノハル

――ありがとうございました。ハニージンジャーレモンを美味しくいただきました。私の故郷のベネリアはレモンの産地なんですよ。久しぶりに故郷の香りを嗅いだ気分です。このような親切を受けても十分なお返しが出来ないことが心苦しいです。せめてヒノハル様方のご健康を守護天使様にお祈りいたします。ヒノハル様も体調には充分お気をつけください。

ビアンカ

こんなやり取りだけなんだが、テーブルにお金を置いておくだけよりもずっと和むんだよね。気が付くとビアンカさんの明日のおやつは何にしようか？　なんて考えている俺がいる。

久しぶりの夜間巡回当番が回ってきた。一時、世間を騒がしていた断罪盗賊団は最近姿を見せていない。新しい獲物を物色中なのか、それともすでに準備段階に入っているのか。もっともあいつらは城壁内でしか仕事をしないから基本的に俺たちが関わることは少ないだろう。前のように近衛軍から協力要請が来れば話は別だけど。今晩はいつものように城壁外の南地区のパトロールだ。酔っぱらいの喧嘩を仲裁したり、街娼の摘発をしたり、火事や泥棒などが出ないように防犯に努めるのが俺たちの任務だ。


「ずばばいヒドハルどど（すまないヒノハル殿）。わだしのかばびび分隊長の任ぼしっかりつとべてくばばい（私の代わりに分隊長の任をしっかり勤めて下さい）」

「もういいですから、風邪のエマ曹長はしっかり休んでください」

「そうしばす」

エマさんは流行りの風邪にかかっていた。吉岡がいればよかったのだがアイツは今もホテル・ベリリンに投宿中だ。鼻を詰まらせたエマさんはしょんぼりと自室に帰っていった。本来エマさんが率いるはずだった三分隊を今夜は俺が引き継ぐ。隊員がなんとなくホッとした表情なのはエマさんが普段真面目過ぎるからだろう。俺もさぼるつもりはないが、自分の巡回ルートを超えてまで見回りをするつもりもない。

「それじゃあ行くよ」

少々やる気に欠ける掛け声で俺たちは出発した。

夜の街にはいろんな奴らがいる。俺たちの仕事は怪しい風体の人間への職務質問から始まり、酔っぱらいの喧嘩の仲裁へと続いた。大抵の場合は喧嘩をしていても兵隊が間に入れば聞き入れる。言うことを聞かなければ牢屋に入れられ罰金刑になるからだ。警備隊の牢屋に泊まれば高級ホテル並みの宿泊費がかかってしまうのだ。普通の労働者に三〇〇〇マルケスの罰金はきついだろう。それでも頭に血が上って暴れる奴らは一定数いる。こちらまでとばっちりを食うので、こういう奴らに兵隊は容赦しない。大勢で叩きのめして逮捕してしまう。酔いが醒めた時、牢屋の中の男は何を思うのだろう。彼に残されるのは体内のアセトアルデヒド、三〇〇〇マルケスの罰金、取り押さえられたときにできた無数の痣と傷くらいだ。

兵隊にとって一番面倒くさいのはべろんべろんに酔っぱらって道端で寝てしまっている者たちだ。風の上月（三月）とはいえ外はまだまだ寒い。特に今夜は氷点下の気温だ。三寒四温なんて言うけど、今夜は間違いなく凍死するレベルの気温だぞ。こういう輩も放ってはおけないので牢屋へぶち込む。宿泊料はやっぱり三〇〇〇マルケスだ。目覚めたら牢屋の中で三〇〇〇マルケスの罰金を請求されるのも哀れだけど、凍え死ぬよりはマシだろう。それに酔っぱらいを運ぶのは兵隊にとってもすごく負担になる。ゲロを吐いていたり、糞尿を漏らしている時などは本気で運びたくなくなるぞ。風の中月（四月）の中旬だったら絶対に放置しておくと思う。三隊はそれぞれに受け持つ道筋に分かれて見回りをした。

「隊長、また酔っ払いです」

分隊の一つが中年男を引っ張ってきた。かなり飲んでいるようで足元がおぼつかなく、両脇を兵士に支えられて、されるがままに引きずられていた。

「向こうの路地裏で寝てました。おい、起きろ！」

兵士が乱暴に男の顔をひっぱたく。

「おきる……おきるってばよう……」

口だけでちっとも起きる気配はない。俺は屈んで男に声をかけた。

「このままだと罰金刑だよ。頑張って家に帰ろうぜ」

「……うん」

完全に意識をなくしているわけじゃない。水を飲ませて覚醒をうながした。

「家は近所かい？　近所なら送ってやるから答えて」

近いのなら牢まで引きずっていくよりずっと楽だ。三〇〇〇マルケスの罰金をとっても兵隊には一マルケスの得にもならない。送り届けた方がよほどいいのだ。幸い酔っぱらいの住処は数ブロック先にあると判明したので、みんなで担ぎ上げて送ってやった。

酔っぱらいをベッドに放り込んで一息つく。兵隊の一人が苦笑まじりに話しかけてきた。

「今晩はヒノハル伍長で助かりましたよ。エマ曹長だったら確実に駐屯所の牢まで引きずっていくことになりますから」

「あの人は真面目だからな。悪い人じゃないんだけど庶民の懐事情とかは考えないしね」

この罰金のせいで日雇いの労働者や職人が浮浪者に転落することだってあるのだ。狭い部屋を見回すまでもなく碌な家財がみあたらない。その日暮らしをしているのだろう。


通りに出ると別の場所に行った分隊が戻ってきていた。街娼を三名捕まえてきたようだ。今晩の巡回はこれで終了だから、敢えて最後に娼婦を摘発したのかもしれない。ドレイスデンでは街頭における売春行為は禁じられている。破れば二〇〇〇マルケスの罰金だ。それでもこうしたことがなくなることはない。それ以外に生計を立てる道が塞がれているのだ。街角で春を売るのはプロだけではない。支払いで首が回らなくなった主婦、その日の飢えをしのぐための女、病気の家族に薬を買う娘、身体を売る理由も年代も様々だ。そういう人たちはただでさえ金がないのに罰金などとられるわけにはいかない。娼婦たちは兵士たちの相手をして解放されようとするし、兵士たちも取り締まりというよりは自分たちの欲望を解消するために娼婦を捕まえることが多かった。

「牢屋だけは勘弁しておくれよ。スッキリさせてやるからさ」

慣れた感じの娼婦の声が聞こえてくる。女たちを牢屋に連れて行くか、相手をさせて目溢《めこぼ》しするかは捕まえた分隊が決めるというのが兵隊たちの暗黙のルールだ。エマさんやクララ様がこの場にいたら当然そんなことにはならない。エマさんなら例外なく全員しょっ引くだろうし、クララ様なら厳重注意だけしてその場で帰す。

「ヒノハル、いいかな？」

好色な顔をした同僚の伍長が俺に許可を求めてくる。今夜はエマさんの代わりに俺が三分隊を指揮している。困ったものだ。することをするのならきっちり料金を払ってやれと思う。

「あのなぁ――」

ずっと俺から顔を背けていた女の横顔が目に入った。スキル「夜目」を持つ俺には嫌でもその顔をはっきり認識してしまう。折れてしまいそうな体、青白い肌、俺の知っている人だった。ビアンカさん……。小さな棘が刺さったような痛みを胸に感じる。ビアンカさんは俯いたまま俺の方を見ようとはしなかった。

◆

分隊に解散を命じて、強引にビアンカさんを連れて歩き出した。同僚がなにか言いかけたが無視して歩く。俺に手を引かれてもビアンカさんは抵抗することなくついてきた。

暫く歩いて、人の姿が無くなってからようやく手を離した。

「家まで送ります」

今夜はあちらこちらで夜間巡回が行われている。ひょっとしたらまた捕まってしまうかもしれない。だが、制服姿の俺と一緒ならば問題はない。ビアンカさんは呟くように返事をして歩き出した。

「私はクビでしょうか？」

「そんなことはないです」

人にはそれぞれ事情があるのだと思う。ビアンカさんが夜の街角に立っていたとして、どうして俺にそれを責めることができよう。彼女の心を救えるのは彼女自身と神様くらいのものだ。だが俺にできることだってある。


ビアンカさんの家は河川敷に建てられた小さな掘立小屋だった。

「どうぞ……」

促されてなんとなく室内に入る。掃除は行き届いているようだが、がらんとした部屋だ。

「座ってください」

抑揚のない声で勧められた。

「いえ、もう帰り――」

突然ビアンカさんが服を脱ぎ、俺は一瞬パニックを起こす。

「何をしているのですか」

骨ばった肢体が目に入り、慌てて横を向いた。一瞬しか見なかったが暗闇に浮かんだ白い肌が艶《なま》めかしかった。

「罰金を払うことが出来ません。私がお慰めするので、それで勘弁してください……」

感情の伴わない無機質な声だ。

「そんなつもりで来たのではありません。今晩は巡回が多いから捕まらないようについてきただけです。どうか服を着てください」

横を向いていたのでビアンカさんが何をしているかはわからない。もう服は着たのかな？　視線を再び向けると胸元の紐を結んでいる最中だった。瞳には涙が滲んでいる。

「ヒノハル様には知られたくなかったです」

その言葉に何も答えられない自分がいる。

「今晩はもう休んだ方がいい。明後日はうちの掃除をお願いしていましたね。よろしくお願いします」

返ってきたのは沈黙だった。動くことも出来ずに返事を待つ。

「申し訳ございません。ですが、もうお仕事は辞めさせてくださいませ」

「どうして？」

間髪をおかずに聞いてしまう。

「身体を売っていることを、ヒノハル様に知られてしまいましたから」

「自分はそんなことで差別をしません。今まで通りに来てください」

ビアンカさんがキュッと唇をかむ。

「事実を知られた私が辛いのです。……字を書くのは七年ぶりのことでした。人から心のこもった文章を送られたことなんてドレイスデンに来て初めて……」

テーブルの上のメモの遣り取りのことか。

「信じられますか？　僅か三行の文章が一人の女中の魂を救うこともあるのです」

俺にはわからない。

「ご理解いただけないでしょうね。字を書くことをずっとしてこなかったのです。紙は高額だし、そんなことをすれば死んだ夫が不機嫌になりましたから」

亡くなった旦那さんは読み書きができなかったそうだ。コンプレックスを感じていたのかもしれない。

「貴女はベネリアの出身でしたね」

「ええ。駆け落ちしてドレイスデンまで来ました。そのせいで苦労もたくさんしましたね。日々の生活に追われている内に自分が字を書けることもすっかり忘れていたんですよ。……ヒノハル様とのメッセージのやり取りで久しぶりに普通の人間に戻ったような気がしていました。だけど……所詮私は汚れた女です」

汚れているなんて思わない。

「そんな風に自分を卑下するのはよくありません。貴方は真面目で素晴らしい――」

「私は夫が死ぬ前から身体を売っていたのです」

好きでそうしたわけでもないだろうに。

「私をお抱きにならないのなら、もうお引き取り下さい……」

抱く気はないが、帰る気にもなれなかった。どうしてだろう、ちょっと大袈裟だけど、このまま帰ったらビアンカさんが死んでしまう気がするんだ。

「では、手を握ってもいいですか？」

俺は努めて優しく聞いた。

「手を？」

いきなり予想外の言葉にびっくりしたようだ。彼女の中の悲壮感が僅かに薄れる。

「はい。お願いします」

不審そうに差し出された手を俺は自分の掌の上に受け止める。随分と冷たい手だった。あかぎれのできた手は氷のように凍えている。ビアンカさんの右人差し指を自分の親指と人差し指で挟んでスキルを発動した。

神の指先《ゴッドフィンガー》　レベル一

ゆっくりとリラックスできるように優しく指先をマッサージしていく。立ったままのビアンカさんをベッドに座らせた。

「痛くはないですか？」

「いえ…………温かいです」

氷のような人差し指に温もりが戻ってきたので中指へと移動する。

「ベネリアの話を聞かせて欲しいです。私は南部地方のことは何も知らないので教えてください」

俺はゆっくりとマッサージを施しながら故郷の話を聞いた。南部の温かい気候、柑橘類の花が香り、紺碧の海と空が遥か向こうの水平線で交わる様子。マッサージと相まってビアンカさんは夢見るような口調で語りだす。

ビアンカさんの実家は小さいながら自社船を持つ海運業者だったそうだ。幸福だった少女時代。世の中に耐え切れないほどの不幸が存在しているなんて信じられない程に無垢な日々を少女は過ごしていた。

「これを見て下さい」

俺に右手を預けたまま、毛布の下から一冊の本を左手で取り出す。厚くはないが立派な装丁の手書き本だ。

「駆け落ちの時に持ち出した僅かな服や装飾品はこれ以外は全て売ってしまいました。この本は私に残された少女時代最後の思い出の欠片です」

本のタイトルは『ベネリアに伝わる一二の伝説』。一五歳の誕生日に両親から送られた品ということだ。みすぼらしい部屋に置かれた書物は、鳥たちの集会に魚が一匹だけ紛れ込んだようなちぐはぐな印象を与えてくる。

「生活に困ることがあっても、身体を売らなければならなくなった時さえも、これだけは手放せませんでした」

スキルのせいでリラックスしているビアンカさんの独白は続く。一七歳になったビアンカさんは恋に落ちた。相手は港にいた船乗りの一人。父の所有する船で働く船員だった。野性味を持つ整った顔、巧みな話術、世間知らずの娘が男に夢中になるまでに時間はあまりかからなかった。男は粗野な振る舞いも目立ったが、少女に対しては優しく、ビアンカさんはそれが男の本質と勘違いしてしまった。彼女は半ば強引に自分の意思でその男に純潔を捧げることになる。

「両親は私たちの結婚を許してはくれませんでした。恐らく、あの人がどういう人か父はわかっていたのでしょうね」

結局、ビアンカは情熱に身を任せて男と共に故郷を捨てた。そこからの生活は容易に想像できる。才覚もなく口先だけの男と箱入り娘のお嬢様の生活がうまくいくはずもなかった。やがて二人は貧にやつれ、男は酒と暴力で憂さを晴らし始める。その夫も酒の飲みすぎで身体を壊し五年前に死んだ。

「生きていくためには月に何度か街頭に立つしかありませんでした。せめてこの体がもう少し丈夫だったら……いえ、言っても仕方がないことですし、もう……いいのです。もう生きていても……」

やっぱりこの人は死ぬ気なのか。これは俺の我儘かもしれないけどビアンカさんを死なせたくなかった。この人のことをよく知っているわけではない。短い手紙の遣り取りと、綺麗に磨かれた部屋を見ただけだ。それでも俺はこの人の誠実さを知っている。

「死ぬつもりですか？」

「……真実を話しましょう」

ビアンカさんは手をスッと引く。

「先程、ヒノハル様は私をお抱きになろうとはしませんでした。もしもヒノハル様が私を使ってご自分の欲求を解消されていたら、私はいつものように惰性で生きていくことを何も考えずに選択していたでしょう。ですが貴方はそうはされなかった。それは単に私に魅力がなかっただけなのかもしれません。ですが私はヒノハル様が私を普通の人間として扱って下さったと勘違いしていたいのです。そしてそんな幸せの気持ちのまま逝きたいと思うのです」

俺は手を引いてビアンカさんを立たせた。

「ついてきてください」

外の風は止んでいたが張り詰めた様な冷気が充満している。俺は川に向かって歩き出した。後ろからビアンカさんもトボトボとついてきている。水辺まで下りて足を止めた。川の淵には僅かに氷が張って月光に煌めいている。

「ビアンカさん、このまま冬の川に入れば貴女は死んでしまうでしょう。体が冷え、意識を失うせいで比較的楽に死ねると聞いたことがあります」

ビアンカさんは無言だ。表情からは恐怖の色も読み取れない。

「今晩、私は貴女が辛い日々を過ごしてきたことを知りました。未来に希望も持てないことも承知しています。それを踏まえて私は貴女に死んでほしくはないのです」

ぼんやりとビアンカさんは俺の顔を見る。

「どうして?」

「貴女が好きだからです。でも私には貴女を幸せにすることはできません。私には愛する人がいます。けれども、貴方が幸せになるお手伝いはできると思うのです」

ビアンカさんはゆっくりと首を振った。

「ヒノハル様の優しさは心に沁みております。メモの文面からも今日のことからも……。ですが私は……生きていくことに疲れてしまったのです」

俺はもう一度ビアンカさんの手を取る。先程中断してしまった最後の仕上げをするために、ありったけの魔力を手に注いだ。

「本当に疲れていますか？　大きく息を吸ってみて下さい」

こちらを見つめる目は何を言っているか意味がわからないといった感じだ。

「さあ、息を吸って」

素直な性格のビアンカさんは促されて大きく息を吸った。その瞬間にびっくりした様な表情をする。

「深呼吸をしても胸は痛くないでしょう？」

「はい。これまではこんなことをすれば必ず咳が出ていたのに……」

「身体に纏わりついていた寒気もしないはずです。指先が冷えることもない。倦怠感も消えているでしょう？」

「はい、はい……」

奇跡を見るような目でビアンカさんは自分の身体を眺めている。

「貴女の病気は全て治療しました。まだ死にたいですか？」

「それは……」

「私は貴女に仕事を手伝って欲しいのです」

感情と意識が彼女の肉体の変化に追いついて来ないようだ。握っている指先が震えている。

「お仕事とはどんな？」

「天使の下請け業務です」

俺は手を引いてビアンカさんを川面の上へと連れ出した。

スキル「水上歩行」

「対価は奇跡の目撃ということで。皆でやればきっと楽しい仕事になると思うんです。もちろん給金も充分お支払いしますよ」

白銀に照らし出された晩冬のラインガ川は俺たちを乗せて静かに流れる。出来ることならビアンカさんの辛い記憶もこの川に流してあげたい。腰が引けていたビアンカさんの足取りがしっかりしてきた。

「そのような大それたことが私にできますでしょうか？」

大きく頷いて見せると、サラサラという川のせせらぎにビアンカさんの小さな嗚咽が混じった。


気持ちの良い朝だったが少し寝坊してしまった。昨夜はビアンカさんと遅くまで話をしていたからな。特に印刷機の話をしたら眼を輝かせていた。あの人は本に対して信仰に近い感情を持っているような気がする。新聞やエステのことも手伝ってくれると言っていた。とりあえずバッハ君に続いてビアンカさんという人材も得られて万々歳だ。

廊下の向こうにエマさんの姿が見えた。

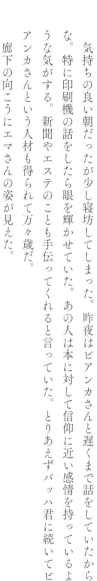

「おはようございます。風邪の具合はどうですか?」

「……おはようございます。もう平気です」

エマさんはじろりと俺を睨みつけて去ってしまう。まるで初めて会った時のようだ。あれから一緒に仕事をこなすうちに仲良くなれたと思ったんだが、どうしたんだ? 今朝はやけに不機嫌だが。

「あ、フィーネおはよう。エマさんがさ——」

「おはようございます。私、急いでるから」

フィーネも無愛想に行ってしまう。何かあったのか? 嫌な予感がするのでクララ様のところへ挨拶に行く前にハンス君を探した。


「ハンス君!」

「あ、コウタさん……」

ハンス君まで様子がおかしい。どうしたっていうんだよ。

「君まで俺を無視するのかい? みんな今朝は俺を避けているみたいで困っているんだよ」

「そんな、避けるなんて……」

ハンス君も歯切れが悪い。

「なにかあったの?」

「えーと……噂になっているんです。コウタさんが昨日、摘発した街娼と二人でどこかにしけこんだって」

あっ！　昨夜はビアンカさんの手を引いて、分隊を置き去りにしちゃったんだよな。これは拙い。

「もう、大分広まってるの？」

「ええ。ヒノハル伍長が好みの女をかっさらっていったって、アーレント伍長たちが散々愚痴を言ってましたから」

それでエマさんもフィーネも俺を白い眼で見ていたのか。

「もしかしてクララ様も……？」

「ご存知です。お嬢様《エマ》が散々悪態をついていましたから」

たぶん、話し合えばわかってもらえると思うが、困った事態だな。兵舎の奴らも俺が昨晩はビアンカさんとお楽しみだったと勘違いしているのか。

重い足取りで執務室へと向かいドアをノックする。

「おはようございますクララ様」

「おはよう。昨晩は遅くまでご苦労だったな」

クララ様の様子は普段と変わらない。

「コウタは明日から分隊を率いて徴税官の護衛任務だ。ドレイスデン近郊の村々をまわってもらうぞ。期間は一週間程度を予定していると聞いた。詳細は徴税官殿と会って詰めることになる。この後すぐに財務省に行くから同道するように」

一見、いつものクララ様に見える。だけど、なんか無理をしている気がするんだよね。

「クララ様」

「どうした？　何か話でもあるのか？」

うん、やっぱりおかしい。無理に平静を保っている感じがする。

「すでに噂はお聞き及びですか？」

尋ねてみるとクララ様の表情が曇った。

「うむ……。昨晩のコウタの話であろう」

そんなに心配そうな顔をしなくても大丈夫ですよ。さっさと真実を話して安心してもらおう。

「実は摘発した者の中にビアンカさんがいました」

「ビアンカとは、コウタのところに通いで来ている女中のことか？」

「ええ。少し長くなりますが、お話をよろしいですか」

「聞こう」

昨晩のことをクララ様に全て伝えた。それこそ、細大漏らさずに全部だ。

「そうか。私もビアンカの仕事ぶりなら見ているからな。彼女がコウタ達の仕事を手伝うことに何の異存もないよ」

安堵した様なため息をクララ様がつく。

「私が摘発した娼婦を抱いたと思いましたか？」

にこやかに聞いてみた。

「それはないだろうと思っていた。コウタは人の弱みに付け込むような人間ではない。ただ、男は我慢が出来なくなる時があるという話も聞いていたのでな……。もしかしたら、料金を払ってだな……」

たしかにムラムラする夜はあるよね。

「そんなこと誰から聞いたのです？」

「フィーネとエマだ。主にフィーネだが……」

あいつらか。どっちも彼氏すらいないくせに、彼氏持ちのクララ様に偉そうに講釈を垂れたな。

ちょっと面白いけど……。

「残念ながら完全に否定はできませんね。正直に言えば情欲が高まる夜もあります。ただ、私はクララ様を裏切るようなことはしません」

「ん……。その……すまんな」

「はい？」

なんで謝るの？

「私のせいでコウタは……つらいのではないか？」

ああ、それを気にしているのか。

「大丈夫ですよ。その時が来るまで私は待てますから」

この世界では一般的に婚前交渉はいけないこととされている。特に社会的な階級が上の者ほどその建前をよしとする傾向がある。もっとも結婚後は男女ともに愛人を作ることが多いそうだから倫理観とか道徳観はどうなっているのかよくわからない。ちなみに平民は結婚前でも比較的自由恋愛を楽しむようだ。恐らくだが、相続する財産や身分のあるなしが大きく関わっているのだろう。

「コウタ、その……、最後まではダメだが、なんというか……コウタを楽にしてやれることなら私でもできるのだが……」

真っ赤になりながら絞り出すようにクララ様が囁く。気持ちは嬉しいのだが無理をしていると思うぞ。こんなに思いつめさせてしまったのか。

「本当は私だって一刻も早く貴方と結ばれたいです。ですが、クララ様に無理をさせてまで――」

「私も不安なのだ」

ポツリと漏らしたままクララ様は俯いてしまう。これは少し計画を急いだほうがいいかもしれない。ザクセンス王国において、爵位は無理だが騎士の地位は金で買える。とっとと騎士になって、もっと大っぴらにクララ様と一緒にいるべきだな。そうすればクララ様も少しは安心してくれるだろう。

「クララ様、もう少しの辛抱です。そろそろ準備も整ってきましたから、私も騎士の位を手に入れるために動き出しますよ。大丈夫、誰からも後ろ指をさされないような地位と財力を手に入れて、貴方に結婚を申し込みますから」

両目に涙を溜めて頷くクララ様が可愛い。結婚するまで肉体関係はない方がクララ様のためかと思ったけど、もう少し踏み込んだ方が良かったのかもしれない。秘めた逢瀬、秘密の共有、ささやかな情事……、どれも二人の心をより親密にしてくれると思う。

差し伸べるとクララ様は俺の手を握ってくれた。少し強めに引き寄せて左手で腰をひきつける。右手は握ったままの体勢。タンゴのフォームのようだ。

「でも、本当は少しだけ、いえ、もっとたくさん貴方とふれあえた方が私も嬉しいです」

腰に当てている左手で神の指先《ゴッドフィンガー》をレベル一で発動した。

「コウ……タ？　んっ……」

「今の私にはクララ様しか見えていません。心配なんかしなくても大丈夫ですよ」

「う……ん」

いつもより少し深いキスを交わす。お互いの舌が触れ合ったのは初めての経験だ。

「信じられませんか？」

「そんなことはない……」

クララ様の瞳がとろんと俺を見つめた。

突然、窓の外から神殿の鐘が響いてきた。クララ様が弾かれたように身を離す。

「いけない！　コウタ、急げ。徴税官との会合まで時間が無いぞ」

しまった。のんびりしすぎたか。今からもう少し口説いて、今夜はもっと更にラブラブな夜を過ごそうと思ったのに。これじゃあラブラブじゃなくて悶々の夜になりそうだな。

「さっさと行くぞ」

「はい」

気を取り直してクララ様にマントをかけてあげる。

「コウタ」

「なんでしょうか？」

「続きは帰ってからだ」

足早にドアの方へ行ってしまったのでクララ様の表情は見えなかった。きっと顔を真っ赤にして、いつものように大真面目な表情でおっしゃっていたのだろう。やっぱり当分この人以外は目に入りそうもないな。俺も足を速めてクララ様を追いかけた。

第4章

episode.04

A man with a thousand skills

朝の定時連絡で無事に物件の賃貸契約が取り交わされたと吉岡から報告を受けた。すぐにでも内装工事が始まるそうだ。俺たちの借りる建物は三階建てだ。一階は店舗として使う。ここは食器と腕時計の販売、新聞が読める喫茶スペースとする。コーヒーや紅茶はサンプルとして売り物のカップで提供することにした。実際に地球のブランド物のティーカップを使ってもらって、その素晴らしさを体感してもらうのだ。他にも軽食やスイーツも提供する予定でいるし、酒類のサービスも検討している。

建物の二階はエステルームになる。念願だった広い浴室も完備され、地球産のスキンケアグッズを使った美肌エステサロンになる予定だ。もっとも俺が店頭に立つことはない。俺の神の指先《ゴッドフィンガー》を使わなくても、地球産の美容液というだけで肌や髪質の向上は十分見込めるので、現地のスタッフが施術することになっている。値段も比較的安くした（といっても一回一〇〇〇〇マルケスから）。俺が施術するのは宰相のナルンベルク伯爵あたりからの紹介を受けて、且つ三億マルケスの支払いができる場合だけだ。それも俺の手が空いていて気分が乗った時だけにしようと考えている。

三階はショウナイとカワゴエの居住スペースということにしておく。実際に住むかどうかはまだわからないが擬装用のキャラクターとはいえ住所不定はまずいからね。

明日から一週間ほどドレイスデン市内を離れることになる。徴税官の護衛任務で近隣の村々をまわって歩かなければならないのだ。午前中にクララ様と財務省まで出向き仕事の段取りを話し合ってきたばかりだ。実際に金の徴収をするわけではないので一分隊だけの護衛で構わないと言われた。徴税官はのんびりとした印象の貴族のオッサンだった。本来は村の人口や作付面積などをきちんと調べて税額を決める仕事なのだが、そういうのは部下の事務官たちが取り仕切っているそうだ。ではなぜ徴税官自らが足を運ぶのかといえば、視察の名を借りた物見遊山の旅らしい。都会の暮らしに飽きた貴族が息抜きに田舎へ遊びに行くというのが実情なのだ。当然、各村では徴税官を丁重に接待してくれる。場合によっては村の後家さんなんかに依頼して夜の性接待なんてのもあるそうだ。つまり公費を使って息抜きに行く貴族の護衛が今回の俺の仕事だ。徴税官は貴族だし、何かあってはいけないということで腕の立つ者の派遣を依頼され、俺に白羽の矢が立てられた。これでも南駐屯所の兵士たちの中では一番の使い手ということになっているからね。

財務省の門から出てしばらく歩くうちに神殿の鐘がお昼を告げた。日中の気温も上がり今日もぽかぽかとしたよい日和だ。こんな日は普段よりもお腹が空いてしまう。

「クララ様、今日は兵舎に戻る前にどこかで食事をしていきませんか？」

「今から兵舎に戻ったら遅くなってしまうな」

午後は二人で城壁内の本部へ出頭しなくてはならないので、わざわざ兵舎に戻るのも馬鹿らしかった。

「ふむ、後でコウタたちの旅費申請をしに本部へ行くことになるし、どこかで食事とするか」

「はい。ついでに吉岡も呼びだします。例の契約が無事終わったそうなのでクララ様も詳細をお聞きください」

クララ様も出資者だから話を聞く権利は充分ある。元手は一〇万マルケスだったけど、配当をそのまま投資し続けているので、今やクララ様のお金は数千万マルケスになっているのだ。今回は利益から家賃、内装費、備品などでかなりの経費が掛かるのでお耳に入れておくべきだろう。人目につかない場所で無線機を取り出して、吉岡に連絡を入れた。

「あ、日野春《ひのはる》だ。今からクララ様と食事なんだけど、吉岡も一緒にどうだい。今後の計画を御耳に入れておいた方がいいと思うんだ。どうぞ」

「了解。自分は今、ビアンカさんと一緒に店にいるんですよ。どうぞ」

ビアンカさんには予めホテル・ベリリンのカワゴエを訪ねるように言ってあったのだ。

「それは好都合だ。彼女にもいろいろ話しておきたいことがあったんだ。じゃあ、そちらに向かうから待っていてくれ。食事は空間収納の中のモノを使おう。どうぞ」

「了解」

アンネン通りの店舗に向かうと、そこには手を振る吉岡と、静かな笑みをたたえたビアンカさんが待っていた。太陽の下で見るビアンカさんは初めてだったけど見違えるほど顔色が良くなっている。

「ようこそおいでくださいましたクララ様。まだ何もない部屋ですがご案内いたします」

「変わりないかアキト。私が考えていたよりずっと立派な建物で驚いているよ。ビアンカも顔色が良くなった。元気そうで何よりだ」

クララ様に声をかけられてビアンカさんはしどろもどろだ。

「申し訳ございません、あの、どちらさまでしたでしょうか？」

そういえばビアンカさんはクララ様が栗毛のウィッグをつけた姿しか見てないんだった。

「この姿で会うのは初めてだったな」

「そのお声は！　もしかして奥様ではありませんか⁉」

そのとたんにクララ様が首まで真っ赤になる。

「奥様？　クララ様が誰の奥様なんですか？」

吉岡が首をかしげるとクララ様の挙動不審度が四六％アップした。

「それは、その、未来の仮定というか、夢というか、いや、現実になる予定なのだが」

ちょっと見ていられない。

「こちらは私の主君でクララ・アンスバッハ騎士爵です。以前、ビアンカさんにお会いした時はお忍びでした」

俺の説明にビアンカさんはなんとなく察してくれたようだ。

「では、ヒノハル様のフィアンセというのは？」

ここははっきりとしておきたい。

「大きな声では言えませんが事実です」

クララ様を見ると照れながらも頷いてくれた。

「まだ世間には公表できませんからビアンカさんも時が来るまでは内緒でお願いします」

「承知いたしました。絶対に人には漏らしません」

二人の案内で店の一階から順に見ていった。あそこにこんな家具を置こうとか、グラスを並べる飾り棚をどうするかだとかで夢が膨らんでいく。これからその夢はすぐに現実になっていくのだ。三階は居住スペースなので早速、それぞれの部屋割りをした。

「ビアンカさんには住み込みで働いてもらいたいんだけどいいかな？」

「ありがたいお申し出でございます」

住み込みなら家賃もかからないもんね。俺たちとしてもビアンカさんがいてくれると色々と助かるのだ。ビアンカさんが住み込みと聞いて吉岡が喜んでいる。

「では、ちょっと小さいけどこちらの部屋を使ってください。家具は午後にでも一緒に買いに行きましょう。引越しも自分がお手伝いしますよ」

吉岡が一緒なら万事滞りなくやってくれるだろう。

「そのようなことまでしていただいては却って申し訳ないのですが」

「いいんですよ。ビアンカさんには家の中のことをいろいろお願いしなければなりません。待遇なんてよくて当然です！」

今日の午前中を二人で過ごし、吉岡もビアンカさんのことが気に入っているようだ。

昼食は一セットだけあったテーブルに空間収納から出した食べ物を並べた。

「吉岡は何食べる？」

「久しぶりに寿司が食べたいです」

握り寿司も折詰にしたものがちゃんと入っているんだよね。でも、クララ様やビアンカさんにはちょっとハードルが高いかもしれない。

「クララ様は何にしましょう？　こちらのカニクリームコロッケとかがお勧めですよ」

コロッケ自体はザクセンスにもある料理だ。主食というよりは付け合わせとして肉料理によく供される。

「うん。それを一つ貰おう」

「ビアンカさんもコロッケでいいかな？」

「私も同じテーブルで食べるのですか？」

雇い主と同じテーブルなんて本来はあり得ないことなのだろう。緊張するのはわかるが今はテーブルが一つしかない。

「ビアンカ、今日は特別だ。というよりこのアミダ商会が特殊なのだと理解したほうがいい。私は気にしないから、ビアンカも慣れなさい」

クララ様のとりなしでビアンカさんもおっかなびっくり一緒に食べることになった。

「先輩、お祝いなんだからシャンパンを開けましょう。少しくらいなら構わないでしょうクララ様？」

クララ様もお好きなので苦笑しながら頷いている。

食卓の上にはシャンパングラスが満たされ、カニクリームコロッケ、握り寿司、野菜とエビの生春巻き、アスパラガスのキッシュ、チリメンジャコのおにぎり、トンロウポウ、パン、チーズなどちぐはぐなメニューが所狭しと並べられた。

「なんか滅茶苦茶だよな」

「たまにはいいじゃないですか」

気分が良いのかグルメ吉岡らしくもない発言だ。

「まあな。正式な開店祝いは後日やるだろうし、フィーネも呼んでやらないとむくれるから、今日はこれでよしとしようか」

まだ何もないガランとした店内に俺たちがグラスを合わせる音が高く響いた。

◆

明日から一週間の出張になるので、今晩の内に日本へ帰還することになった。クララ様とビアンカさんのためにノートパソコンを購入したいのだ。二人とも新聞作りの手伝いをしてくれるそうだし、クララ様がエッバベルクの運営を管理するのに表計算ソフトは役に立つ。俺のパソコンを貸してあげてもいいのだがファイルの奥にあるあの動画が気になって、安心して貸してあげられない。ごめんなさいクララ様。私はまだあれを消すことが出来ません……。同様の理由で吉岡のパソコンもだめだ。決して浮気じゃありません。男にとってエロ動画はファンタジーなのです。まあ、大容量のＵＳＢメモリを買ってくれればいいんだけどさ、万が一無くした時のショックが大きそうじゃない？　それにパソコンは一人一台あったほうが便利そうだからさっさと購入することにした。ついでに太陽光発電システムを買ってくるつもりだ。それほど大きなものではなく二一〇Wのパネル二枚のソーラー蓄電システムのフルセットを購入する予定だ。俺にはよくわからないのでこの辺は吉岡任せだな。

クララ様たちばかり贔屓するのもなんなのでフィーネにも欲しいものがないか聞いてみた。あんまり高いものはダメだぞ。

「それなら前に買ってきてもらった髪留めのゴムが欲しいです。あれ、他の娘たちにもすごい人気でもう残ってないんですよ」

髪留めのゴムって一〇〇円ショップで売っていたあれか。ちょっとカラフルで可愛かったのでお土産に買ったやつだな。十本入りで一〇〇円の安物なんだけど、こちらの世界では売ってないからかなり喜ばれたみたいだ。ザクセンスではみんなリボンや細い麻ひもとかで髪を結んでいるみたいだもんな。一〇〇円ショップの髪留めで喜んでいるフィーネが健気なので、今度はシュシュやカチューシャでも買ってきてやることにしよう。

◆

久しぶりの東京で自動車を走らせた。ソーラー備蓄システムセットはそこそこ大きいんだよね。手に持って帰るのは無理だと思う。期待はしていなかったが在庫をすぐに引き渡してもらえたのでよかった。こちらのパネルはアミダ商会の屋根の上に取り付ける予定だ。用途はパソコンの充電だけなので、とりあえずはこれでいいそうだ。容量が足りない場合はパネルを増やすことを検討しよう。

適当な電気屋でモバイルノートパソコンも無事に購入できた。プリンターやコピー用紙も大量購入して収納にしまった。セキュリティーソフトも勧められたがもちろん買わない。異世界ではサイバー攻撃はないもんね。みんながみんなスタンドアローンだ。

「繋がっている便利、繋がってない安心」

吉岡が哲学ぽいことを呟いている。

「繋がっている快感、繋がっていない自由」

それっぽく返してみる。人のありようってこんな感じかな。

「クララ様のペットになりたい人が何言ってるんだか……」

だから繋がっている快感と言ってるじゃないか。束縛を求めている俺って、もしかしてMなのだろうか。

「さあ、さっさと戻りましょう。大好きなご主人様がそろそろ召喚してくれる時間ですよ」

「今日は随分棘のある物の言いようをするな」

「繋がりのない自由な人間の嫉妬ですよ。リア充もげろ」

おのれ吉岡め……でも幸せだから許す。

自動車に乗り込んで帰宅する途中で吉岡のスマートフォンが振動する。メールが来たようで片手で操作しながら読んでいた。俺は真っすぐ前を見て運転に集中する。自動車の運転も久しぶりだからちょっと緊張してしまうな。わずかに緊張しながら混雑した道を走ること十分、吉岡がポツリとしゃべりだした。

「先輩……」

「どうした？　トイレか？」

「いいえ。絵美さんからメールです」

トクン、と心臓がなった気がした。まだその名前を聞くと身構えてしまう自分がいることにびっくりしてしまう。

「そっか……」

「先輩が会社を辞めたこと知って自分に近況を聞いてきました」

流石に俺に直接メールを送ってこなかったか。別にメールくらい気にしないけどどね。

「どうしましょう？」

「どうしましょうって、吉岡に来たメールだろう？　吉岡に任せるよ」

「いいんですか？　全部正直に書いちゃいますよ」

正直にって、異世界に召喚されて首都警備隊の下士官やってますって？　信じないと思うよ。

「先輩は俺と新しい事業を始めて、資産を数億円に増やして、新しい彼女もできました。その彼女は絶世の美女でスタイルも抜群で、生真面目なところもあるけど、先輩にぞっこんですって」

間違ってないけど、やっぱり信じないような気がするな。でも、まあいいか。

「吉岡の好きに書けばいいさ。ついでに書いとくか？　俺が貴族に叙任されれば晴れて結婚だとな」

「いいですね。ついでに聖女と呼ばれる伯爵家のお嬢様からも熱烈なラブコールを受けていることも書いておきますか？」

「ユリアーナのことは勘弁してくれ。あれは本気で怖い相手だ。吉岡はまだヤンデレの恐ろしさをわかってない」

「えー、自分も死ぬほど愛されてみたいですけど」

「さっきも言っただろう、繋がっている快感、繋がっていない自由。ユリアーナに捕まったら身動き取れなくなるぜ」

「まあ、そうなんでしょうね。でも先輩は基本的にM気質だから聖女もありだと思うんですけど」

「だから、あれは俺の許容量を超えてるんだって」

「美人度合いもプロポーションもクララ様に匹敵してると思うんだけどな。しかもどんなプレーでも喜んでやらせてくれそうじゃないですか」

ユリアーナのあられもない姿を想像して赤面してしまった。

「お前……。最近欲求不満か？」

「いえ、ドレイスデンの大人スポットには詳しくなってます」

「一人でホテル暮らしをしている間にそんなところに入り浸ってたのか!?」

ちっとも知らなかった。えっ？　一晩一五〇〇〇マルケス？　結構高級なところに行ってるのね。

なっ？　同時に三人だと!?　俺が悶々とした夜を過ごしている間に、こいつはそんなゴージャスな夜を過ごしていたと言うのか。

「吉岡ぁ……」

「でも、先輩を誘ってもいかないでしょう？」

そりゃあ行かないけどさ。

「先輩はクララ様のペットなんだからいい子にステイしてなさい」

わんわん。そう、俺は繋がっている快感の方を選ぶもんね。繋がりのない自由はいらない。

「とりあえず適当に返信しますよ」

ああ、絵美からのメールか。すっかり忘れていた。

「気が狂ったと思われない程度の内容にした方がいいと思うぜ」

真実はあまりに荒唐無稽だ。きっと、絵美は突然俺が会社を辞めてしまったので心配したのだろう。

今更気にすることはないのにな。吉岡に四Pの内容を根掘り葉掘り聞きながら帰宅した。う、羨ましくなんてないいんだからね!!


本日のスキル。

スキル名　転送ポータル（初級）
任意の場所にホームとポータルを設定でき、その間を行き来できる能力。
距離に制限はないが設定できるホームは一つ、ポータルは二つまで。
一度設定すると二四時間変更はできない。
他者がポータルを使用することはできないし、存在も認識できない。

同行者は四名まで有効で、使用の際には体の一部が接触していなければならない。

おお、ついに来たぞ！　とりあえず兵舎にホームを、アパートとアミダ商会にポータルを置いてみることにしよう。きっと便利になるぞ。将来的にはエッバベルクやブレーマンの街にも置きたいな。増やせポータル！　を目標に使いまくってみよう。

◆

一週間ほど地方回りをして帰ってくると、バッハ君から連絡が来ていた。ザクセンス文字の活字が一組ついに出来上がったそうだ。手紙に添付された紙には三〇文字の印刷された活字が黒く鮮やかに並んでいる。擦れも少なく、十分に使用に耐えうる出来栄えだ。だが一組だけでは新聞の発行はおろか、本の印刷はできない。大きさの違う活字も必要なので大量発注の許可と資金の追加をバッハ君は求めてきている。

出張から戻ってきたばかりなので今日明日は休みとなる。手紙を読んだその足でバッハ君のところへ出かけることにした。

「バッハ君、手紙を読んだよ。いい出来だね」

工房にはインクの匂いが立ち込め、部屋に渡された細い紐に刷りたての紙が洗濯物のように干してあった。今度はお土産に洗濯ばさみとかクリップを買ってきてあげよう。

「ヒノハルさん、お会いしたかったです。新しい活字は気に入っていただけましたか？」

「ああ。この調子でばんばん発注してくれ」

バッハ君は地球産の活版印刷機の扱いはすっかりマスターしてしまったようだ。俺に見せてくれる一連の作業も流れるような動きで全く淀みがない。

「活字が足りないので文章を作る作業は当分先になりそうですが、インクの開発などもしなければならないし、やることは山積みですよ」

開発のヒントになりそうな資料はネットや書籍からピックアップして既に翻訳して渡してある。時間はそんなにかからないだろう。バッハ君も技術者仲間を集めて仕事を割り振り、急ピッチでザクセンス産の印刷機の開発をしているそうだ。

「とりあえず文字数が少ない名刺でも作ってみようか？」

「名刺？」

ザクセンスでも地球の名刺に似た物が存在する。使われ方は訪問先が留守だったときに、自分が来たことを伝えるために名前・住所などを書いたカードを残していくのだ。日本のように挨拶時に名刺交換をする感じではない。メモ帳を取り出して簡単に名刺の概要を伝えた。

ザクセンス王国王都警備隊
伍長　コウタ　ヒノハル

南駐屯所　アンスバッハ小隊所属

「こんな感じのカードを印刷するんだよ。アポイントを取る時や、訪問時に取り次いでもらう時に渡してもいいし、相手が不在の時にメモを書いて残すのも便利でしょう」

「面白いですね。私の名刺も作っていいですか？　みんな欲しがりますよ、きっと！」

新しい物が好きな技術者だけあって、自分の名刺を仲間に見せびらかすことを考えてワクワクしているようだ。

「ああ。どうせいろいろ試さないとダメなんだから、バッハ君の名刺を作って練習してみればいいさ」

「ありがとうございます！　新しい活字の作成を急がせなきゃ」

この程度で作業が早く進むなら安いものだ。紙を切るための裁断機が必要になってくるかもな。次回の帰還時に買ってくるとしよう。

新しく雇った印刷職人や技術者仲間も工房に呼ばれ、顔合わせをした。活字は複数の職人に依頼しているので今月中には納品されるそうだ。技術を秘匿する気はまったくないのでその分だけ開発は楽に進む。外注に出せるモノはどんどん請け負ってもらい、仕上がりのスピードを重視するようによく言っておいた。

「こうしてみると色々な形の文字があったほうがいいですよね。形や太さ、大きさで用途が使い分けられる気がします」

まさにその通り。フォントは大事だよね。

「美術工房に文字のデザインを追加注文しますか？」

「この名刺というやつは図柄があったほうが綺麗に見えると思うぞ。合わせて美術工房に注文した方がよくないか？」

「インクの色も黒一辺倒《くろいっぺんとう》というのは良くないな。紺や藍色があってもいいと思う」

「それを言うなら紙の質や色だって変化させられるはずだ。職人たちと話し合えば更なる向上が可能だろう」

技術者や職人が集まっているので意見がどんどん出されていく。活気のある現場に身を置くというのは気持ちのいいものだ。当座の開発費として一〇〇万マルケスを渡した。


活字が出来れば日本から持ち込んだ印刷機でとりあえず新聞の発行はできそうだ。そろそろ記事など内容の心配をするべきだろう。情報屋のホルガーには前から話はしてあり、取材の協力は取り付けてある。

「もともと、情報を売るのがあっしの仕事ですからね。旦那のためなら貴族のスキャンダルから将軍の性癖までなんだって調べてきやすぜ」

俺はゴシップ雑誌を作りたいわけじゃない。そういう記事も人気は出そうだが、お偉方に目をつけられるのは問題だ。ここは法律で言論の自由が守られている世界じゃないんだよね。どんな報復があるかわかったもんじゃないよ。それにイケメンさんに頼まれているのは神殿各派の討論記事だしね。そろそろ神殿関係者と知己になっておいたほうがよさそうだ。宰相のナルンベルク伯爵かお得意先のベルリオン侯爵あたりに紹介状を貰うとしよう。新聞のサンプルが出来たらそれを見せながら説明することにした。

目下の悩みは記事を書く記者や編集者がいないということだ。例え週刊や隔日の発行にしたとしても俺たちだけではとても手が足りない。しかも、これまでにない事業なので経験者を雇うことも出来ないことが不安だった。執務室のソファーにクララ様と並んで座りながら話し合う。

「とりあえず、王都の大学などに求人を出してみてはどうか？」

新卒狙いか。それは大変いい考えだ。

「知り合いの貴族に読み書きができる人を紹介してもらうというのも手だぞ。貴族の次男次女以下は職が無くて困っている者も多いと聞いた」

大多数は文官や武官になるのだが、就職枠は無尽蔵にあるわけではない。

「そうですね。広く募集をかけてみるしかないですね」

「そうしてみるがよい」

パチンッ！

そう言いながらクララ様がまた俺の爪を切った。何が楽しいのか嬉しそうに俺の爪を切ってくれている。

「クララ様……楽しいですか？」

「うむ。私はこういうことをするのが好きらしい……」

楽しんでいるならいいんだけど、さっきから俺は誰か入ってこないか気が気ではないのだ。

「コウタ」

「なんでしょう？」

「機会があったらコウタの耳掃除をしてみたい……」

えーと……どう答えるのが正解だ？

「昔、母上にして貰ったのだが、誰かにしてやったことはまだないのだ。だから、やってみたいのだが、このようなことはコウタ以外には頼めないだろう？」

普通は耳掃除をさせてくれなんて気軽には言えないか。ステディーな間柄だけだよな。クララ様が他の男の耳掃除なんかしていたら嫉妬で身悶えしてしまうだろう。

「わかりました。それは今度、私の部屋で」

「うん、今夜だな」

やっぱりそうなるんだ。『ポータル』のスキルを得てから、クララ様は気軽に俺の部屋へ遊びに来られるようになっている。素晴らしいスキルをありがとうございます！　久しぶりにセラフェイム様に感謝の祈りを捧げたよ。

僅かに頬を紅潮させながら爪切りを続けるクララ様が愛しい。でも最近、俺とクララ様のことが兵舎で噂になりつつあるんだよね。ちょっと気をつけなければ。それでも今夜のことを考えると顔も心も緩んできてしまう。今晩はクララ様に何を作ってあげようかな？　春キャベツが市場に出回り始めたから、それを使ってロールキャベツでも作ろうか。最近は俺の料理の腕も大分上がってきた。日本に帰った時に「今日もお料理　ビギナーズ」という本を買ってきて勉強しているのだ。クララ様を癒すことが俺の悦びなんだよね。

ドアがノックされたので二人は瞬時に離れた。流石は一流の武人だ。重心移動にいささかのブレもなく、高速ながら優雅な動きは舞踊のようでさえある。

「失礼します」

エマさんが入室してきた時、俺はソファーの前に立ち、クララ様は窓辺に立っていた。直前までの甘い雰囲気は微塵もない。エマさんも全く気が付いていなかった。あれ？　というよりエマさんの表情がやけに厳しいぞ。俺が摘発した娼婦に手を出したという誤解は既に解けているはずなのに。

「クララ様、大変です。国境線が破られ、ローマンブルクの街にポルタンド軍が侵入しました」

ローマンブルクは隣国ポルタンド王国との前線近くにある防衛拠点となっている都市だ。

「戦況は？」

「父から聞いた話ですので確認は取れていませんが、国境で指揮をとっていたベーア将軍が敵の夜襲によってお亡くなりになったそうです。副将のアンカー将軍が敗残の軍をまとめてローマンブルクまで撤退したのですが、追撃を受けました。城門は破られ、現在は市街戦となっている模様です」

街の西にザクセンス軍、東にポルタンド軍が陣を構えて一進一退の攻防を繰り広げているそうだ。

前線都市らしく街中もいくつもの壁で区切ってあったのでザクセンス軍も持ちこたえることが出来た

ようだ。将軍は討たれたようだが兵力全体の被害はそれほどでもなかったらしい。

「増援を出すだろうな。軍の再編にともない警備隊から移動の可能性もある」

クララ様の言葉が不気味に響く。戦争か、クララ様が行くなら俺も行くしかないよな……。まだ、どうなるかはわからないが暗鬱な気分になりながらも俺の心は既に決まっていた。

第5章

episode.05

A man with a thousand skills

隣国ポルタンド王国との戦争は長く膠着状態であったが、ついにその均衡は破られてしまった。現在戦闘が展開されているローマンブルクは重要な戦略拠点であり、この街を奪われることだけはどうしても避けたい。ザクセンス王国としては、何とか戦線を国境線であるナイセル河まで押し戻したかった。

懸念は的中し、クララ様以下俺たちには新たな辞令が下りた。ドレイスデン第一補給部隊、これが新しい所属部隊の名前だ。規模は一〇〇人ほどの部隊で、部隊長はクララ様が務めることになった。一応、軍での階級は上がるので出世ではあるのだが警備隊での任務を二カ月も務めれば自動的に中隊長くらいにはなっていたので、若干それが早まっただけとも言える。ザクセンスからの補給物資をローマンブルクの手前にある集積地まで送り届けるのが主な任務内容だ。直接最前線に行かされるようなことはないと聞いて、俺は心の底からホッとした。

「それでもいつ敵の奇襲を受けるかはわからんのだぞ」

あからさまに安堵した俺を窘めるようにクララ様が言う。集積基地とローマンブルクは二〇キロ程しか離れていない。基地にも編成される部隊が集まってきているが全くの安全圏ではないのだ。

出発を二日後に控え、クララ様の直属となる俺たちは全員で今後の方針を話し合った。見習い騎士であるエマさんと、その従者であるハンス君も補給部隊に編入される。

「フィーネは私からの書状をエッバベルクに届けてくれ。私の軍務は八月までだったのだが、場合によっては任期が伸びるかもしれない」

暫くは領地であるエッバベルクには帰れない可能性も出てきた。フィーネは家令のエゴンさんに渡す手紙を届ける役目を仰せつかった。向こうからも緊急の案件について手紙が来る可能性もあるのだ。俺が手紙を届ければポータルを設置できるのだが、さすがにエッバベルクまでは遠すぎる。たどり着く前に出発の時間になってしまうだろう。

「アキトはこのまま王都へ残り連絡役を務めてくれ。もちろん店舗の準備をそのまま続けてもらっても構わない」

これは俺からクララ様にお願いしたことだ。吉岡を戦争に連れて行く気にはなれないし、王都での準備に徹してくれた方がありがたい。印刷機や店舗の改装、インテリア類の購入にスタッフの確保や教育も必要だ。ビアンカさんやバッハ君たちと協力して頑張って欲しい。

「コウタには従者として私の側で働いてもらう」

俺は従者らしく頭を下げた。

クララ様の部屋で買い物リストを作成する。補給部隊が出発する前に日本へ帰還して買い物を済ませておきたかった。

買い物メモ

クリップ

裁断機
予備のインク
傷薬
包帯
三角巾
消毒薬
水（ペットボトル）
食品
双眼鏡
携帯スコップ　たくさん

「他になにかあるかな？」

ペンを止めて吉岡の意見を聞いてみる。

「五本指靴下を買っといたほうがいいかもしれないですよ。それと水虫薬」

戦場では滅多に靴が脱げないそうだ。しかも革のブーツはかなり蒸れる。俺はゴアテックス製のブーツを履いているけど、それでも用心に越したことは無い。そういえば兵隊たちは九九％の確率で水虫持ちなんだよね。でも、氷冷魔法が使えるクララ様はそんなものとは無縁だ。流石は完璧なご主人様だけはある。

「足が痒くなるのは嫌だな。ドラッグストアで強力なやつを買っておくよ」

「自分がいれば魔法で治療できるんですけどね」

回復魔法って水虫にも効くんだ！　なんかファンタジーっぽくないよな。

「先輩、偵察用にカメラ付きのドローンとかもあったほうがいいんじゃないですか？」

「それは便利そうだけど充電が問題になると思うぞ」

詳しくは知らないが一回の充電で飛べる時間はそれほど長くないだろう。ソーラーパネルとポータブルの電源を馬車に取り付けるという手はあるけど……。

「手間を惜しまずに持っていくべきだと思います。ことは命にかかわる問題ですよ。クララ様のためでもあります」

吉岡の眼が真剣だ。重さは五キロ以上になるが一七〇〇〇〇くらいの容量のポータブル電源があるそうだ。

「わかった。ちゃんと買うから、アドバイスをよろしく頼む」

俺がそう言うと安心したように吉岡は笑顔を見せてくれた。なんだかんだで吉岡にはいつも心配をかけてしまう。吉岡の提案はなるべく受け入れるようにしたほうがいいな。

◆

日本の自分のアパートに戻ってきた。前回は別々の場所から召喚されているので吉岡はここにはいない。今は自宅にいるはずだ。時刻は一六時。今から二手に分かれて買い物をしに行くのだ。いつ連絡が来てもいいようにスマートフォンの電源を入れた。財布の中身をチェックして、着替えをすませる。相変わらず東京はまだ年の瀬のままだ。ダウンコートを引っ張り出して上にはおった。

携帯電話がメールを着信する。吉岡かな？

——離婚届を提出してきました。とりあえずご報告まで

絵美からだった。随分とつまらないことでしみじみと日本に帰ってきたんだなと感じてしまった。

——はい

とだけ返信した。日本で今日は一二月二八日。二人が別れて八日という時間が経過している。だが俺にとってはもう三ヶ月くらい前のことだ。そう、俺の中ではもう冬は終わってるんだよね。ザクセンスはすっかり春だ。それは俺の心の中も一緒だった。ちょっとメールが素っ気なさすぎたかなという気もするが、俺も買い物で忙しいのだ。クララ様とこういう関係になってしまった今、いまさら絵美に対して恨みなどはない。ダウンのポケットに電話を突っ込んで通りでタクシーを拾った。

運転手さんに秋葉原まで行ってもらうように告げる。車が走り出してしばらくするとまたメールが来た。

——一度、お会いする機会を作っていただけませんか。共同で貯めていた定期預金を折半したいと考えております。

俺にとってはどうでもいい金なのだが、絵美にしてみれば気になってしまうのだろう。人の金を持っているみたいで落ち着かないのかもしれない。どこかに募金でもしてもらえればいいのだが、それを他人の絵美にやらせるというのもどうかと思う。考えてみれば俺も金遣いが荒くなったと苦笑してしまう。昔だったらこの程度の移動にタクシーなんて使っていない。四谷駅まで歩いて秋葉原まで中央・総武線に乗っていたはずだ。

——お金は以下の口座に振り込んでください。急ぎませんのでお手すきの時で結構です。

一度お会いしたいとのことですが、私は現在予定が立て込んでおり、日本にいないこともあるかと思います。あと何か月か経って、それでも新府《しんぷ》さんが私に会う必要があると感じたならご連絡ください。

その頃には絵美の気持ちも落ち着いているだろう。そして、もう俺たちの人生が二度と交わることなく進み出していることに気が付くんじゃないかな。メールを送信し終わると、タクシーはもう秋葉原駅の手前に来ていた。

新府絵美はマンションのリビングでスマートフォンを握ったまま、メールの返信を待っていた。待っている間に何かしようかとも思ったが、何も思いつかないまま時間は過ぎて着信音が鳴った。返ってきた返事は「はい」の二文字。少しだけ胸が痛む。これが現在の自分と公太の関係であり、その原因を作ったのは自分だ。公太は大丈夫だろうかと再び心配になる。人づてに公太が会社を辞めてしまったことを聞いた。公太の後輩で仲良くしていた吉岡に連絡を取ってみたが、返事は来ていない。どうやら無視されてしまったようだ。

もともと公太は熱心に仕事をするタイプではなかった。仕事はきちんとこなすけど出世欲などはなく、なるべくなら趣味に生きたい人間だったと思う。そこが彼女とはかみ合わなかったのかもしれない。絵美は上昇志向が強く、大きなことを成し遂げることに喜びを見出すタイプだ。新たに好きになってしまった男も同類だった。

公太と一緒に過ごしたこのマンションから絵美は引っ越すつもりでいる。年末年始の休みは荷物の整理に充てるつもりだ。片づけを再開する気にもなれず、絵美はもう一通メールを書いた。気にする方がおかしいのに公太がどうしているかが知りたかった。

暫くして返ってきたメールを読んで絵美は大きくため息をついた。流れ出す涙の原因がわからない。罪悪感？　喪失感？　我ながら勝手だと思う。

「さっさと片付けよう」

決意を声に出す。きっと身一つで出て行った元夫は正しいのだ。さっさとリセットして新たな生活を始めるのが賢明なのだろう。溢れ出る涙をぬぐうことも忘れて、絵美は公太との生活の痕跡をゴミ袋に詰めていった。

◆

ドローン技術はここ数年で長足の進歩を遂げていると思う。安定していて素人でも飛ばしやすく、飛行可能時間も長くなっている。搭載されたカメラの解像度も素晴らしい。予備も含めて、吉岡の選んだ機体を四つ購入した。続いて医薬品や双眼鏡も買いそろえていく。双眼鏡は倍率よりも視野が広いことを重視して、防水防塵性能の高いものにした。包帯や薬は多めに購入しておく。傷薬、痛み止め、止瀉薬、解熱剤など、幅広い種類をそろえた。今回の行軍に回復魔法を使える吉岡は参加しないのだ。用意は万端にしておきたい。

こうして買い物をしながら、だんだんと気分が落ち込んでくるのを自覚している。俺は戦争へ行く準備をしているんだ……。

「ドレイスデンに戻ったらドローンの飛行練習をしないとダメですね」

吉岡は陽気な声で提案してくる。俺の雰囲気を察して、わざと明るく振舞ってくれているのだ。

「そうだな。上手く飛ばせるか、ちょっと不安だよ」

「あっちなら練習場所にも困らないでしょう。帰還したら近くの草原にでも行きますか。クララ様もお誘いしましょう」

「それはいい考えだ。フィーネがいないのが残念だよ」

フィーネはクララ様の招集を伝えるため、エッバベルクへ旅立っている。器用な彼女ならドローンの扱いもすぐに上手くなっただろうに残念なことだ。バイクだってすぐに乗りこなせたもんな。

「バッハ君を呼んでみます？」

「それは……興奮して、過呼吸で倒れちゃうかもしれないぞ」

「その可能性はありますね。まずは蒸気機関あたりで慣れてもらわないとダメかな？」

俺たちは静かに笑い合う。吉岡のおかげで少しだけ気分が楽になった。

買い物を済まして、吉岡と串揚げの店に入った。もちろん今日の店も吉岡のチョイスだ。店内は明るく落ち着いた雰囲気で女性客も多い。俺の感覚だと、串揚げの店はもっと大衆的なんだけど、ここはちょっと違うようだ。牛肉のロースや里芋、海老、ふぐなどの揚げ物が絶妙なタイミングで出てくる。根菜のサラダも美味しい。飲み物は吉岡チョイスで赤ワインだった。いつもなら串揚げにはビールなんだけど、ワインも美味しいね。

「そういえば先輩の転送ポータルって世界の壁は跨げないんですか？」

「試したけどダメだったよ」

スキル「転送ポータル」は任意の場所を繋ぎ、瞬時に移動ができる能力だ。ホームを俺のアパートに、ポータルを兵舎に設置してある。通勤が一秒で終わるので大変便利だ。しかもポータルの設置場所はクララ様の私室につながる控え部屋なので、クララ様を連れ出す際に誰にも見られないという特典つきだ。最近、二人の関係が兵士たちの噂にのぼり始めたので丁度良かったとも言える。

吉岡に言われたことは俺もずっと気になっていたので、こちらに送還された時にすぐ試してみた。結果は前述の通りだ。ポータル自体は設置できるのだがホームに帰ることが出来ない。おそらくだが、ホームもポータルも共に地球上にある場合はきちんと機能するのだと思う。日本からニューヨークに飛ぶことだって可能だろう。だけど日本からザクセンス王国というのは無理なようだった。

「召喚に頼らずに世界を行き来出来たら便利だったんですけどね」

「そうなんだよ。もしクララ様に何かあった時のことを考えるとな……」

俺が日本にいる時にクララ様が召喚魔法を使える状態ではなくなったらと思うと居たたまれない気持ちになる。下手をすれば一生離れ離れだ。リアが俺のことを召喚してくれれば何とかなるとは思うけど……。

「でも、諦めない方がいいかもしれませんよ」

「どういうこと?」

「ほら、スキルは成長するじゃないですか」

なるほど。スキルが成長すればポータルの数が増えると単純に思っていたけど、能力が上がって世界の壁を越えていけるようになるかもしれないわけだ。

「そうだな。頑張って使い続けてみるよ」

かぶりついた玉ネギから汁が飛び出て、口の中を火傷しそうになってしまった。こういうときは冷たいビールがありがたい。クララ様がいたらこんな俺をみて笑ってくれただろう。いつか、ポータルを使ってこちらの世界に招待することはできるだろうか。セラフェイム様に頼んでみようかな。その時は一緒に串揚げを食べるのも悪くないと思った。

スキル名　水作成（超初級）
一日に一リットルまでの水を作り出すことが可能になる。

久しぶりに地味なスキルがきたな。でも、使い勝手はよさそうだ。ザクセンスでは水道はほとんどないし、蛇口をひねれば水が出てくる日本とは大違いだ。いちいち井戸から汲み上げなくてはならないので手がかかるのだ。ちょっと手を洗うのだって大変だ。一リットルって飲み水としては多いけど、生活用水としては全然足りないよな。顔や皿を洗っていればすぐになくなってしまう。これも使用しているうちに生み出せる量が多くなっていくのだろう。「気象予測」以上の頻度で使いそうなのでレベルはすぐに上がるだろう。

補給部隊の総勢は一一二人になることが決定した。三〇台の馬車には食料、魔導砲二門、粉末魔石、兵士用装備などが満載されている。これに神官が一名と酒保《しゅほ》の馬車が一台随行する。酒保とは軍から委託を受けた商人で、主に兵隊用の生活雑貨や酒を売るのが仕事だ。店主はマクダさんという大柄な四十女で、大変元気の良い肝っ玉母ちゃんだ。兵士の中には公然と「おっかさん」と呼ぶ者もいるくらいの見た目をしている。本人もそんなことは気にならないようで、むしろ親しく呼ばれて喜んでいるようにさえ見える。当たり前のように兵士たちと陽気にしゃべり、時には叱りつけたりなんかもする。

従軍神官はウド・ランメルッという名前の助祭で、二一歳だそうだ。長老派とか開明派とかのごたごたを心配したが、ランメルッさんはエベン派だと自己紹介した。たしか技師のバッハ君もエベン派だったな。エベン派というのはかいつまんで言ってしまえば、長老派も開明派も仲良くやりましょうよ的な、中道ど真ん中な教えらしい。信者はとても多く、現在の法王もエベン派だそうだ。俺としては柔軟な姿勢というのは好みなのだが、この派閥の高位神官は汚職に塗れていることが多いらしい。融通が利くというのは時に癒着を生み、不正の温床になってしまうのかもしれないな。長老派のエマさんに言わせるとエベン派など堕落した教えであり、教義とはもっと厳しいものであるべきだという。

「まあ、開明派よりは一〇〇倍マシですけどね」

と最後に付け加えていたので対立する心配はなさそうだ。

明日はいよいよローマンブルクに向けて出発になる。同行する人々との打ち合わせや積み荷の確認もようやく終わった。暫くドレイスデンを離れるので、エマさんは実家に帰っている。今日ぐらいはペーテルゼン男爵の家でのんびりするそうだ。フィーネも既にエッバベルクへ旅立っているし、吉岡はビアンカさんとアミダ商会だ。見慣れた執務室がいつもより少し広く感じた。

「コーヒーでも淹れましょう。少しお休みください」

「うん。濃い目のカフェオレを小さなカップで頼む」

陽は沈みかけて部屋の中は少し暗くなっている。ヤカンから立ち上る湯気がシュンシュンと音をたてた。空間収納から取り出した容器を開けるとコーヒーの香りが部屋に広がっていく。

「いい香りだ……」

クララ様が眼を閉じて大きく息をついている。

「今晩はどうやって過ごすのだ？」

眼を閉じたままのクララ様が聞いてくる。

「そうですね、明日からずっと行軍が続きますから、今晩はお風呂にでも入ってのんびりと寛ごうかと考えています」

ずっと前に風呂用のビニールプールを買ってきたのだが一度も使わずに放置してある。吉岡がいないと水汲みもお湯を作るのも大変なので結局そのままだった。プールの縁までお湯で満たすことは大変だが半分くらいなら井戸と部屋を四往復すれば充分だ。一八リットルの赤いポリタンクを二つ、両手に持って頑張ればなんとかなる！　お湯は手持ちのガスコンロが四台あるし、炊事場の竈も使えば行けると思う。

「風呂か……」

リクエスト通りに少し濃い目のカフェオレを作った。

「お砂糖は入れますか？」

「うん。自分でやる」

ティースプーン一杯の砂糖がコーヒーカップの中に溶けていく。

「コウタは優雅だな。下級貴族では風呂に入ることだってままならないのに」

「クララ様もお入りになりますか？」

ごく軽い感じで聞いてみる。兵舎ではお湯で身体を拭くくらいしかできないから、きっと気持ちがいいだろう。ガウンもあるからヘッドスパをしてあげてもいいな。

「……よいのか？」

「勿論です。お着換えだけ持ってきて下されば結構ですよ」

クララ様が一気にカフェオレを飲み干す。ミルクは多めだったけど熱くなかったですか？

「そうか……。うん。一度コウタの髪を洗ってみたかったのだ！」

え？　クララ様が嬉しそうに胸の前で手を合わせている。

「ふふっ、綺麗にしてやるからな。そうだ、これから少し手合わせをしないか？　たくさん汗をかいた方が洗い甲斐があるというものだ！」

人間には隠れた性癖というものがある。これはクララ様も例外ではない。そしてクララ様は俺の爪を切ったり、耳掃除をしたりするのが大好きらしいのだ。特に耳掃除には執着があるらしく、「十日後に私がまた綺麗にするからそれまで自分で掃除するのは絶対に禁止だ」と言われてしまった。大きいのが取れるのが嬉しいらしい。

「汗臭い頭に触られるのは恥ずかしいのですが……」

「私は好きなのだ。……ダメか？」

そんな風に顔を赤らめて悲しそうな顔をされると断れなくなってしまう。

「あ～、お手柔らかにお願いします」

「うん！」

元気よく返事をしてクララ様は立ち上がる。

「どうされました？」

「言ったであろう。練兵場へ行こう」

稽古は確定のようだ。


アパートにクララ様が来てくれて助かったことがある。お湯を魔法で作り出してくれたのだ。

「得意なのは氷冷魔法だが、お湯を作るくらいなら私でもできるぞ」

部屋の中にビニールプールを二つ並べて膨らませた。一つは浴槽でもう一つは洗い場だ。暖炉で薪をガンガンに焚いて部屋の中を温めることも忘れなかった。クララ様の魔法で三分もしない内にプールの一つがいっぱいになった。

「それでは私はあちらの部屋に控えておりますので、ゆっくりとお風呂を楽しんでください」

「う、うむ」

クララ様の歯切れが悪い。何か心配事か？　ああ、俺の髪の毛を洗う話か。

「私はクララ様の後でお風呂を使いますので、髪の毛を洗っていただけるのでしたらその時にでも」

「うん……」

おや、違ったのか。クララ様の表情を見るに、言いたいことはこれではなさそうだ。

「……それとも、一緒に入りますか？」

普通に誘ってみた。もちろん真剣な顔なんだけど必死さはないぞ。

「……そ、その、……私も一緒に入りたいのだ。だけど、その、最後まで、あの、一線を越えるのはまだで、それはちゃんと婚姻の儀が……」

落ち着いてもらわないとダメだな。

「つまり、一緒にお風呂に入りたいが、性行為はきちんと結婚してからにしたいと、こういうことですか？」

真っ赤な顔でクララ様がコクコクと頷く。カルチャーギャップというか、ザクセンスの上流階級の感覚だと婚前交渉は絶対にダメだから、クララ様の気持ちもわかる。出来ないのはつらいけど一緒にお風呂に入るのは楽しそうだ。最後まで出来なくてもお互いの距離はさらに縮まりそうな気はする。

「わかりました。ではどうしましょうか」

「コウタ、大丈夫なのか？　男は……つらいのだろう？」

つらいと言えばつらいのだが、我慢できない程じゃない。中学生とかだったらヤバかったかな。

「大丈夫ですよ。それじゃあちょっと狭いけど一緒に入ってみましょうか」

「ハイ……」

消え入りそうな声で返事をするクララ様が愛おしい。部屋の灯りを蝋燭一本だけにしてあげた。俺だって恥ずかしかったのだ。

◆

俺とクララ様は互いに背を向けて服を脱いだ。暖炉でごうごうと薪が燃え、部屋は暑く息苦しいくらいだ。

「脱いだか？」

「ええ」

何の合図もなかったけど俺たちはほぼ同時に振り返っていた。クララ様は身体を手で隠すことなく俺を見つめている。俺はクララ様のあまりの美しさに声も出ない。擦れる声を誤魔化すために手を差し伸べるとクララ様はその手をしっかりと握りしめてくれた。

「綺麗だ」

頭の中に霞がかかり、どうしたってそれ以上の言葉が出てこない。

「どうすればいい？　私の知っている風呂とはだいぶ違うのだが」

「先にお湯の無い方のプールに入って体を洗いましょう」

手をつないだまま空のプールに入る。予め空間収納から出しておいたお風呂セットは台の上に並べておいた。

「まずはお湯をかけて体の汚れを流します。しゃがんで背中を向けて下さい」

真っ白で沁み一つなく、透き通るように美しい肌だ。肩から臀部にかけて緩やかに曲がる背骨のラインが目を引く。

「お湯をかけますね」

桶でお湯をすくい、白いうなじへゆっくりとお湯をかける。

「ふふっ」

「どうしましたか?」

ふいにクララ様が笑った。何も面白いことはしていないぞ。身体に触れてさえいない。

「あったかくてな。なんだろう? 幸せな気持ちでいると些細なことで小さな笑いが出てしまうのかもしれないな」

俺もつられて笑顔になってしまう。本当にその通りだ。ずっと緊張していたけど、今はクララ様と一緒にこの歓びを噛みしめることにしよう。

「クララ様、石鹸をつけてお背中を洗いますよ」

「うん……コウタにまかせる」

泡立てネットで粉のボディーソープを角が立つまで泡立てた。

「触れますよ」

肩からゆっくりと泡を肌の上に密着させるように優しく洗っていく。

「前はご自分で洗いますか?」

「うん」

肩越しに差し出された手にたっぷりとクリーム状の石鹸を載せてあげた。

背中側を一通り洗って、お湯をかけてあげると泡に隠れていたクララ様の肌が再び現れる。しっかりした肉付きなのだがごつごつしたところはない。戦闘時の強さを考えれば、むしろ驚くほどにほっそりしている。おそらく筋肉の少ない分を魔法で補っているのだろう。

「次は私が洗う番だな」

嬉しそうに振り返るクララ様のたわわな胸が揺れた。詳細は教えない。誰にも教えるもんか！

「髪を洗ってくれるんでしたね」

「うむ。でも髪だけじゃない」

「背中も流してくれるんですか？」

「ああ。背中も洗う。足も洗う。指の間も一つ一つ」

それはくすぐったそうだ。もう、これはクララ様の性癖なので何も言うまい。部屋をしっかり暖めておいたので寒いということはない。クララ様の心ゆくまで存分に綺麗にしてもらったよ……。

プールに張ったお湯に二人で入った。広さは充分あったが二人とも自然にくっついてしまう。俺の広げた足の間にクララ様が腰を下ろし、俺に寄りかかるようにして座っている。

「意外でした。もっと恥ずかしがるかと思っていましたから」

「それは、恥ずかしいぞ。裸を見られたのは初めての経験だ。だが……こうして肌を合わせているととても気持ちがいいんだ」

お湯の中でくるりと向きを変えてクララ様が抱きついてくる。彼女の胸が俺の身体に当たり、俺の身体は嫌でも反応してしまう。

「もう弁解もしませんよ。男はどうしてもこうなってしまいます」

「う、うむ。心得ている……後でそこも私が洗う。それで、その、……楽にしてやるから」

そういう知識はあるんだ。聞いてみたら情報の発信源は従姉のメルセデスさんだった。やっぱりそういう話題も出てくるそうだ。

◆

風呂から上がってグラスに水を入れる。水分補給は大切だ。俺もクララ様も一杯汗をかいてしまった。

「見て下さい。私の新しいスキルです」

「ほう、水を作り出せるようになったのか」

さっき大量のお湯を作り出したばかりのクララ様に見せるのも烏滸《おこ》がましいのだが、召喚獣として自分のスキルは報告しておくべきだろう。

「どうぞ、喉が渇いたでしょう」

「うん」

グラスを受け取ってクララ様は一息に飲み干してしまった。

ドライヤーでクララ様の髪を乾かす。元から月光のような銀髪だが、今は俺のスキルと地球産のシャンプーのお陰で更に輝いている。

「今夜は泊っていきますか?」

「……」

ドライヤーの音で返事は聞こえなかったけど、僅かに頷いた動作と真っ赤になっているうなじで返事がイエスなのはわかった。

◆

ローマンブルクに向かう朝、俺は心身ともに充実していた。目覚めるとすぐ目の前にクララ様の顔があって、お互いの目が合って照れてしまったり、長いキスの後に二人で協力して朝食を作って食べたりと、朝から幸せイベントがてんこ盛りだった。今は気持ちを切り替えて軍務に励んでいるところだけど、それは改めて自分の幸せを認識したからだ。今から戦争に行くわけだけど、絶対に死んでたまるかと決意を新たにした。念のために言っておくが最後の一線は越えていないぞ。お風呂から出た時にはもう賢者モードだったからね。

補給部隊の準備は滞りなく終わり、いざ出発という段になって一騎の騎馬が近づいてきた。乗っているのは大柄な騎士だ。馬から降り立った姿は俺よりも背が高い。身長は一九〇センチ近くあるんじゃないか。横幅もけっこうあるみたいだ。兜は装着しておらず、うすい金髪が見えていた。白い肌をしていて、鼻の周りにはソバカスが散りばめられている。年齢はよくわからない。たぶん二〇代後半くらいだろう。

「部隊の隊長は何処かな？　この命令書を渡すように言われたんだけど」

クララ様が前に出て命令書を受け取る。一読してすぐに顔を上げた。

「了解しました。私が部隊長のクララ・アンスバッハです。よろしくお願いします、勇者殿」

勇者？　もしかしてザクセンス王国の勇者の一人か。確か地球から召喚された人が三人いるんだよな。日本人とアメリカ人とインド人だったはず。この人はどう見てもアメリカ人だ。俺が穴の開くほど見つめていると勇者の方でも俺の存在に気が付いたようだ。

「どうしたの？　勇者がそんなに珍しいかい？」

穏やかな口調からして、フレンドリーな性格のようだ。

「失礼しました。実は私は地球出身でして。日本人です」

「マジかよ！！！」

勇者は突然俺の肩を引き寄せ、ものすごい力で握手してきた。

「僕はゲイリー！　ゲイリー・リーバイです。日本大好きだよ!!　ていうか日本人に生まれたかった！　むしろ秋葉原に生まれたかったんだ!!」

……前にこういう人をテレビで見たことがある。親日が進化してニッポンがたまらなく好きになってしまった人だ。アニメや漫画が好きな人に多いんだよね。自国の文化が褒められているから悪い気はしないけどさ。

「そうか、コウタ・ヒノハルさんか。よろしくね。コウタって呼んでいいかな？」

「じゃあ、自分もゲイリーって呼ばせてもらうよ」

人懐っこいアメリカンだったから、俺たちはすぐに打ち解けることができた。ゲイリーもまたローマンブルクへ派遣されるそうだ。兵士たちはまだ揃っていないが、とりあえず勇者だけ先に派遣することに上は決めたらしい。

「元々はユタでレンタルＤＶＤ屋の店長をしてたんだよ。それが今じゃ勇者だぜ。きっとオタクの神様が夢をかなえてくれたんだよ！」

オタクの神様って時空神とは別だよな？　いろんな神様がいるみたいだからそういう神様がいてもおかしくはないか……。

「今日は暑いね。いよいよ春って感じだ」

ゲイリーは白い肌をほんのりピンク色に上気させ、汗で額にカールした金髪がくっついている。喉が渇いているようだ。お近づきの印に空間収納からよく冷えたコーラを出して渡してあげた。アメリカ人だし体型から見て好きなんじゃないかなと思ったんだよね。

「飲みなよ。よく冷えてるから美味しいよ」

ゲイリーの青く、つぶらな瞳が点になった。……と思ったら大きく見開かれた!?

「…………コウタ」

「どうしたの？」

「アンタって最高だよ!!!」

巨大なタフガイに思いっきり抱きつかれてしまったよ。

◆

三月の陽光が降り注ぐ街道を俺たちは馬車を進めている。戦闘地域へ出かけているという雰囲気はまだない。俺の馬車の横に馬をつけて地球出身の勇者は大変ご機嫌だった。

「まさかもう一度スマホを充電できるとは思わなかったよ。捨てなくてよかった」

荷台に積んだポータブル電源ではゲイリーのスマートフォンを充電中だ。この馬車の幌にはソーラーパネルも置いてあるので、これくらいのお裾分けなら問題ない。スマートフォンの中には大切な漫画やアニメ、画像がたくさん入っているそうだ。ソーラーパネルを見た瞬間にゲイリーは土下座しかねない勢いで充電を頼んできた。よほど見たいに違いない。

「スマホの中を確認できるのは一年ぶりだよ。もう一度僕のお宝たちに会えるなんて感無量さ」

「ゲイリーは何時こっちに来たの?」

「そろそろ一年二か月になるね」

結構な月日が経っているんだな。

「コウタはいつから?」

「いつからというか……」

俺は自分が召喚獣であり、日本とザクセンスを行き来していることを伝えた。

「オーマイゴーシュ！」

キラキラした目でゲイリーが見つめてくる。

「コ、コウタ……お願いがあるんだ」

まあ、そうなるわな。地球に帰れる俺に頼みたいことは色々あるだろう。同郷のよしみで大抵のことは叶えてあげていいと思う。

「言ってみて。犯罪行為じゃない限りなるべく聞いてあげるよ」

「うん。と、とりあえず向こうのモノをいろいろ買ってきて欲しいんだけど……ど、ど、どうしよう。いろいろありすぎて考えがまとまらないや」

そうかもしれないな。一年もこっちにいるんだから欲しいものはたくさんあるだろう。

「じゃあさ、今晩の野営の時にでもメモを作ったら？　ほら、これを渡しておくよ」

水性ペンとメモ帳を渡すと、懐かしそうな顔でゲイリーは受け取った。


夕方まで行軍して、今日だけで四五キロを走破した。かなりハイスピードだったと思う。馬たちが疲れないか心配だ。出来る限り行軍してきたため宿場町は既に通り過ぎてしまった。今日は草原の水場近くに野営する。

「ブリッツ、お前は疲れていないか？」

最近、俺たちと一緒にいられることが少なくなっていたクララ様の愛馬のブリッツはちょっとだけ機嫌がよさそうだ。今日は一日中歩かされたけどずっとクララ様と一緒にいられたもんな。ブリッツは俺にまで甘えてきて、ブルブルいいながら首を擦りつけてくる。これはマッサージの催促だな。この生意気なお馬さんめ、すっかり味をしめていやがる。だが俺のマッサージは更にレベルが上がっているんだぞ。お前が知っているのはせいぜい黄金の指《ゴールドフィンガー》までだろう？　今の俺は神の指先《ゴッドフィンガー》を持つ男だぞ。ちゃんと疲労も回復してやるからな。スキルを使ってブリッツを癒してやったら思いっきり鼻面をこすりつけてきて、ヨダレでビチャビチャにされてしまった。よほどうれしかったようだ。ブリッツはクララ様を乗せて走る馬だからいつでもコンディションは万全でいてもらいたい。

「お前は特別なんだからな」

首を撫でながら語り掛けるとブリッツは大きく頷いた。こいつは賢いから俺の言ってることがわかっているのだと思う。

「クララ様を頼むぞ」

そう言うと胸を張るように首を上げて、当然だとばかりに嘶《いなな》いていた。

日もすっかり沈んで辺りは暗闇に包まれている。兵士たちは歩哨を残してそれぞれの天幕の中に引っ込んだ。俺とハンス君はクララ様の天幕の前で見張り番だ。中にはエマさんが一緒にいる。

「ハンス君、これを着るといいよ」

収納からダウンを出してあげた。俺用だからちょっと大きいかな。四月になったとはいえ夜はまだまだ冷える。こんな時期にこんな場所で野宿だなんて会社の花見を思い出すよ。新入社員の頃、場所取り要員として九段下《くだんした》で野宿をした記憶がよみがえる。寝袋があったからまったく平気だったけどね。山の上で寝るよりはぜんぜん寒くなかった。

「コウタさんが出してくれる服は本当にあったかいです。これって魔道具なんですか？」

「やめてくれよ。そんなこと言ったらハンス君のところのお嬢様に睨まれちゃうだろう？」

エマさんは長老派の信徒なので魔道具などの開発には否定的だ。

「すいません」

ハンス君が本気ですまなそうな顔をしてくる。

「冗談だってば。それにダウンジャケットは魔道具じゃないから安心していいよ」

エマさんの手前ハンス君は長老派の信徒ということになっているのだが、俺の見たところ本気で長老派に所属しているわけではないようだ。考えてみれば俺もそうだ。実家は浄土宗なんだけど積極的に浄土宗の教えを信じているかと問われると、そうとは言えないんだよね。付き合いとか家族とか墓とかの関係でそうなっているだけとも言える。あんまり厳しいことを言われても困っちゃうよね。南無阿弥陀仏で人が救われるっていう教えはわかりやすくて好きだけどさ。しかも全ての人を救おうってところがかっこいい。もっとも信じているかと問われると……どうなんだろう？　困った時だけ信じちゃうタイプかな。でも最近だとイケメンさんにお祈りしちゃうと思うな。実際に会ってるしね。願いをかなえてくれるかどうかは定かじゃないけど存在していることは知っている。

「コウタ。リストを作ってきたよ」

ゲイリーが俺のところへやってきた。鎧をつけているが、インナーは薄くて寒そうだ。

「はいよ。ところでゲイリーは寒くないの？」

「僕は身体強化が使えるから暑い寒いはあんまり関係ないんだ」

流石は勇者召還。召喚獣とはスペックが違うのかもしれない。

「勇者召還っていろんな力を貰えるんだよね？」

「ああ。基本的な運動能力や体力なんかは地球にいた頃の五〇倍以上になってるかもしれない。あと魔法も各種使えるよ」

凄いな。吉岡の能力プラス基礎体力の底上げか。

「これは他の勇者もみんな同じさ。僕の一番の特徴は『魔信』というスキルだね」

「魔信？」

「ああ。そこら辺にある木や石なんかをアンテナや通信機にしてしまう能力だよ」

それはまた軍部に喜ばれそうなスキルだ。今回の戦闘では敗戦からの対応がやけに早いと感じたけど、ひょっとしたらゲイリーの通信機で前線の情報が送られてきていたのかもしれないな。

「そんなことよりリストを確認してくれよ」

「ごめんごめん……」

コウタに買ってきて欲しいものリスト
ピーナッツバター

スプレーチーズ
コーラとビール
スプレーホイップクリーム
ジェリードーナツ
「○×△（漫画の名前）」四巻以降（英語版）
ポータル電源とソーラーパネルのセット
ジャンクなお菓子ならなんでも（できればポップコーン　チーズとキャラメルの二種類）

ジャンキーだな！　ピーナツバターはわかる。たぶん大丈夫だ。次のやつがよくわからん。

「スプレーチーズって何？」

「知らないのかい⁉　スプレー缶に入ったチーズだよ。ボタンを押すとノズルからブシューっとチーズが出てくるんだ。ピザの上にかけると最高なんだぜ！」

チーズでいっぱいのピザの上に更にチーズですか。さすがはアメリカだ。

「ピザだけじゃなくてホットドッグにかけるのも好きなんだ。一年の努力でこちらでもバーガーやホットドッグ、ピザなんかは作れるようになったけどスプレーチーズ独特の味は出せなくてね」

そ、そこは涙ぐむところなのか？　いや、召喚されて一年以上、彼にとっては故郷の味なのだろう。

「頑張って探してみるよ。コーラとビールはすぐに出してやれるぞ」

「うう、ありがとうコウタ。とりあえずナマ」

さすが日本通だけあって、いうことが日本人臭い。日本通というか日本痛ぽいけど。スプレーホイップクリームというのはチーズと同じでスプレー缶に入った生クリームだな。これなら近所のスーパーマーケットで見たことがある。あとはジェリードーナツか。

「ジェリドーナツってゼリーが挟んであるの?」

そんなのあったっけ?

「ジャムが挟んであるやつだよ」

ほうほう、それがジェリードーナツか。

「そこにピーナツバターを追加すると最高だぜ」

最高に太りそうだ。試してみたい気もするけど……。漫画の英語版は洋書の専門店に行けば何とかなるだろう。

「できる限り頑張ってみるけど、俺もあんまり向こうに行ってる時間が無いんだ」

「うん。出来る限りでいいさ。お金はドルとマルケスどっちで払えばいい? ドルは四七ドルくらいしかないけど……」

「マルケスでいいよ」

「それなら僕は億万長者さ!!」

勇者はなかなか儲かっているようだ。次に日本に帰るのは当分先になる。そのことをよく言い含めておいたが、ゲイリーの興奮はおさまらなかった。とりあえずフライドチキンを食べさせておこう。ビールとチキンでなんとか落ち着いてくれ。あ……ダメだ。今度は泣きながら叫び出した。

ドローンから送られてくる映像に敵の姿はなかったようだ。タブレットの画面を確認しているクララ様が顔を上げた。

「もういいぞ、コウタ。ドローンを回収してくれ」

言いながら電気節約のために電源を切っている。クララ様もタブレットを扱うのが随分と手慣れてきたな。俺のドローン操縦技術もけっこう向上しているぞ。現在俺たちは目的地の手前七〇キロくらいの地点にいる。休憩地点で前方の様子を上空から確認したが敵兵の影はなかった。集積地まで一〇〇キロを切ったあたりからこうして警戒しながら行軍しているが、今のところ襲撃を受けたこともなければ、戦闘の痕跡も見つけていない。街道はいたって平和である。兵の士気も高い。前方では武名で名高いアンスバッハ家の騎士爵が部隊を率いていたし、最後尾には召喚された勇者までいるのだ。唯一人で一個中隊と渡り合える騎士爵と、魔導砲を有する大隊にも匹敵すると言われる勇者が揃っているのだから兵たちの落ち着きも頷けるというものだ。

「十分後に出立する。そろそろ準備を始めておけよ！」

腕時計で確認して皆に声をかけた。

「その時計、恰好いいなぁ」

ゲイリーが俺の腕を見つめている。

「これ？　スントっていうメーカーのアウトドアウォッチだよ」

「へ～、僕もハミルトンとかの時計が欲しいなぁ」

「いいよ。こんどカタログを貰ってくるからそこから好きなのを選びなよ。買ってきてあげるから」

ゲイリーの時計はザクセンス産の懐中時計だが一日に何分もくるってしまうそうだ。どうせ仕入れで時計店に行くことは多い。気に入ったのがあれば買ってきてやろう。いっそ耐久性の高い時計を大量に仕入れて軍の士官たちに売りつけるのもいいな。値段はもちろん二掛けで。


それにしても、最初に出会った勇者がゲイリーみたいにフレンドリーな人で助かったと思う。ザクセンスの地球出身者は他にも日本出身の北野《きたの》ユウイチ、インド出身のラジープって人がいるらしいけど、いったいどんな人たちなんだろう。

「ユウイチはいい子だよ。四粒しか残ってなかったハイチュウを一つくれたもん」

ゲイリー……ちょろすぎるよ……。

「出立するぞ!!」

エマさんの合図に俺たちの会話は中断された。


夕暮れが迫りいつものように幕営準備が進められる中、俺たちは会議中だ。

「残念ですが夜明け前から雨になります」

「気象予測」では明日の天気は雨で、気温も〇度近くまで下がると出ている。馬たちはこれまでの強行軍でだいぶ疲れが溜まっていた。ぬかるんだ道に足や車輪がとられ、明日の行軍はかなりキツイものとなるだろう。

「コウタ、馬の回復を頼めないだろうか？」

神の指先《ゴッドフィンガー》を使えば馬の疲労を跡形もなく取り去ることは可能だ。だけど馬車は全部で三一台。馬は予備も入れると全部で六八頭いる。一頭につき五分かけたとして三四〇分超か。これは夜中までかかる大仕事だ。俺一人では終わらないな。吉岡に手伝ってもらうことにしよう。神の指先《ゴッドフィンガー》は素晴らしいスキルなんだけど、治療に特化されている回復魔法の方が施術スピードは何倍も速い。

「了解しました。吉岡伍長に応援を頼みますがよろしいですか？」

「うむ」

「待っていただきたい。吉岡殿は王都で待機中ではないですか？」

エマさんが不思議そうに声を上げる。スキル「転送ポータル」のことはあまり広めたくないのでエマさんにも内緒だ。かわりに「セラフェイム様の恩寵です」とだけ伝えておく。こう言っておけばエマさんはそれ以上追及してこない。そうだ、吉岡をゲイリーに引き合わせておこう。オタク同士だから話も弾むことだろう。ホームはアミダ商会の俺の部屋に設置しなおしてあるので吉岡に会うのは簡単だ。森の中にポータルを設置してドレイスデンへと飛んだ。

アミダ商会三階のリビングに入っていくと吉岡とビアンカさんが、見知らぬ女性と食事中だった。

「おかえりなさいませ、ヒノハル様」

ビアンカさんがすぐに立ち上がる。相変わらず律儀な人だ。

「ただいま。俺のことはいいから食事を続けて」

「どうしたんですか先輩。まさかもう任務終了ですか？」

「いや、単独で戻ってきた。吉岡に頼みがあるんだよ。と、その前にこちらはどなたですか？」

「彼女はクリスタさん。ほら、ハンス君のお姉さんですよ」

前からアミダ商会で働いてもらおうとしていたハンス君のお姉さんか。クリスタさんとも挨拶を交わす。年齢は一七歳だがしっかりしたお嬢さんに見える。亜麻色の長い髪を後ろで縛って可愛らしい顔をしていた。声には張りがあり、活発な印象も受ける。

「よろしくお願いします。クリスタです。昨日からこちらで研修を受けております」

着々とスタッフが揃いつつあるようで結構だ。


食事も終わり、クリスタさんとビアンカさんは後片付けの為に出て行った。


「で、自分は何を手伝ったらいいんですか？」

「馬の治療を一緒にして欲しいんだ」

詳しい事情を話すと吉岡はすぐに了承してくれた。

「ちょうど範囲回復魔法を習得したところなんですよ。いい機会だから試してみようかな」

なにその男前のセリフは！　忙しいくせに魔法の修練もちゃんとしてるんだね。

食器を片付けているビアンカさんを手招きで呼んだ。まだクリスタさんには俺の能力は知られたくない。

「ビアンカさん、吉岡を連れてちょっと出かけてきます」

「畏まりました」

「今晩中には戻ってきます。戸締りはしていただいて構いません。鎧戸も全て落として下さい」

「そうすると、カワゴエ様が入って来られなくなりますが？」

「大丈夫です。俺の部屋に秘密の入口がありますから。あ、心配しなくてもいいですよ。俺以外は使えない入口ですので怪しい奴とかは入ってきません」

ビアンカさんは納得したように頷いた。

「また奇跡を起こされるのですね」

「そんなたいそうなものじゃありませんよ」

でも瞬間移動は奇跡に分類されるのかもしれないな。吉岡も移動魔法は使えないと言っていた。部屋を去ろうとした俺をビアンカさんが引き留めた。

「ヒノハル様。お給金と支度金を頂いたおかげで十年以上たってようやく実家に手紙を出すことが出来ました」

ビアンカさんは南部のベネリア出身だ。駆け落ち以来、一度も実家には連絡していないと言っていた。

「ずっとつらい人生でしたが……両親に今は幸せに暮らしていると書くことが出来ました。ヒノハル様のおかげです」

顔がかっと熱くなって思わずビアンカさんに背を向けてしまった。この人のこれまでを考えれば涙が出てきそうだ。いや、もう出ちゃってるよ。

「なに言ってるんですか。これからですよ。ビアンカさんはもっと幸せになるべきです」

後ろ手に手をふりそのまま部屋を出た。良かった。……本当に良かった。

吉岡と手を繋いでポータルで移動した。いい歳した男同士が手を繋ぐのは微妙に恥ずかしい。

「アキト、よく来てくれたな」

「お久しぶりですクララ様。時間もありませんのでさっさと済ませてしまいますよ」

吉岡の回復魔法も兵士には内緒なので、ハンス君が馬を集めて、吉岡が範囲魔法で回復していった。

俺は特に体力のない馬たちを集めて回復を施していく。

「よう相棒」

「ブルルルッ」

俺は目の前の馬の首をさすりながら声をかける。この馬は部隊の中でも特に体力がなく荷車を引く力も弱かった。

「今日も大変だったよな。疲れただろう？」

「ヒイイーン（そう思うならもう寝かせてくれよ）」

「ははは、せっかちだな。まあ聞けって」

馬は不審そうにいなないている。だが俺は勝手に喋り続けた。

「おめえ、強くなりたくないか?」

「ヒヒン? (なんだと?)」

「おめえは駄馬なんかじゃねぇ。駿馬になれる素質だって持っているんだぜ」

「ヒ、ヒン……(な、なにを……)」

「まあ信じられねえだろうな。部隊一の鈍足と言われたおめえだ。だがよう、俺ならお前の才能を引き出すことができる」

俺は馬の顎にそっと指を乗せた。

「まずこの顎だ。噛み合わせが悪いんだよお前は。こいつを治すだけで身体能力はいきなり上がるぜ。ふむ……、疲れている筋肉、使っていない筋肉、骨盤のゆがみ……。どうだいこの俺にお前の身を任せちゃみねえか?」

「ヒーン! (おやっさん!)」

「やる気になったようだな。安心しろ、この俺がお前を生まれ変わらせてやる! 今夜はお前のハッピー・リ・バースデイだ!」

スキル神の指先《ゴッドフィンガー》発動!!

その晩、ザクセンス王国東部の草原で七頭の馬が生まれ変わった。

「先輩、何を遊んでるんですか?」

「遊んでるんじゃなくて馬の肉体改造。それと、今夜の俺はセンパイじゃなくてオヤッサンだから」

「はあ？」

「そういうシチュエーションなんだよ」

同じ仕事でも楽しくやった方がいいだろう？　はい、次のお馬さんは誰かな？　おめえも強くなりたいのかい？

◆

雨にも関わらず行軍スピードはあまり落ちなかった。昨夜、吉岡と協力して馬たちの疲労をとってやったのが功を奏している。これまで部隊の足を引っ張ってきた馬たちが率先して頑張っていることも大きな要因だ。張り切ってくれるのは嬉しいけどペース配分を間違えるなよ。

「お前たちの力が凄いのは知ってるんだよ。だからちゃんと余力を残したスピードで頼むぞ」

「ヒヒーン！（おう！）」

予想通りゲイリーと吉岡はすっかり仲が良くなっていた。お互いのスマートフォンを見せ合いながら大盛り上がりしていてちょっぴり疎外感を感じたほどだ。二人とも久しぶりに共通の趣味の友人を得られて嬉しかったのだろう。俺はと言えばブリッツが不機嫌になっていて、それを宥めるのに大変だった。他の馬を魔改造《まかいぞう》というか馬改造《まかいぞう》したことが気に入らなかったようだ。「お前は元から最高のスペックを誇る駿馬じゃないか」と褒めてやってもぜんぜん機嫌が直らない。結局、神の指先《ゴッドフィンガー》で蹄《ネイル》のケアまでやらされてしまった。ついつい甘やかしてしまうな。日本はまだ年末だから、次のお土産は美味しい〝ふじりんご〟を買ってきてやることにしよう。

雨で視界が悪く、俺の「犬の鼻」にも情報はあまり入ってこない。予定では四時前には集積地に着く。出来れば集積地で荷物を降ろしてそのままドレイスデンへ戻りたい気分だ。前線近くに逗留するのはいやだし、どうせまた新しい荷物を積んで戻って来なければならないのだ。復路は積み荷が空になる分、負傷兵を乗せて帰ることになるらしい。治療してやることも出来るが余計なことかもしれないな。せっかく帰還できる兵隊の邪魔をしてはまずいだろう。怪我が治ればまた前線に逆戻りだ。緊急の事態以外はそっとしておくことにしよう。

昼前に五〇〇程の騎兵が俺たちを追い越していった。各地から集まってきた歩兵部隊も近くにいるようだ。みんな集積地に向かうザクセンス軍の一行だった。いよいよ戦地へ来たという実感が湧いてくる。

午後から神官のウド・ランメルツ助祭が俺の乗る馬車にやってきた。この従軍神官は交代でいろんな馬車に乗り兵士たちの悩みを聞いたり、ノルド教の教えを説いたり、聖典から面白い話を聞かせたりしているようだ。馬車はかなり揺れるので聖典を読むことはできないが、助祭が暗唱している部分をわかりやすく話してくれる。俺も出版事業が控えているので聖典を読んだことはあるが非常に難解だった。小説のような感じではないので原典は読むのにかなり苦労する。その点、助祭の語る話はドラマチックであったり寓話のようであったりして結構面白い。傍で聞いている兵士たちも嬉しそうにしていた。

「聖典は難しいけどアンメルツ様のお話はわかりやすくて楽しいです」

「ランメルツです。そう言ってもらえると嬉しいですね。ヒノハル伍長殿は文字が読めるのですか。しかも聖典を持っていらっしゃる？」

「はい。最近は寝る前に必ず読むようにしています」

信仰からではなく商売のためなんだけどね。でも、読み進めていくとけっこう楽しくなってくる。

「それは素晴らしいことです。でも、難しい点が多くありませんか？」

その通りなんだよ。聖典の中には結構な頻度で曖昧な表現が出てくる。結局、その解釈の違いで宗派が出来ているんだろうね。そしてセラフェイム様の依頼は、聖典を出版し多くの人を巻き込んで論争をさせろってものだ。聖典の解釈をランメルツ助祭に教わりながら馬車を走らせた。

「伍長さん！　何時になったかねぇ？」

小休止で背筋を伸ばしていると大きな声で呼ばれた。見れば酒保を預かるマクダさんだった。

「そろそろ二時半になりますよ」

一般庶民は時計など持っていない。代わりに携帯用の日時計でだいたいの時刻を知ることが出来るのだが、今日はあいにくと雨だ。

「予定より遅れているのかい？」

「この雨ですからね。仕方ないですよ」

いくら馬が元気になったと言ってもぬかるんだ道には敵わない。荷車を引いているのだからなおさらだ。

「それにしても伍長さんはうちのシュネーに何をしたんだい？　今日は見違えるように元気になっちまったよ？」

シュネーは酒保の馬車馬で、俺が治療した七頭の内の一頭だ。

「整体ってやつですよ。あの馬は腰を悪くしてたんです。だからそれをマッサージで治したんですけどね」

本当は腰のせいで慢性的に一部の筋肉が炎症を起こしていた。

「へえ、お医者様みたいなことを言うじゃないか。ついでにあたしの肩こりも治るかねぇ？」

マクダさんが痛そうにぶっとい首を叩いている。大柄な体で胸は巨大なスイカのようだ。あれなら肩がこってしまうだろう。ついでに言うと腹回りにもみっしりと肉がついている。全体的に固太りした人だった。

「ちょっとだけなら診てあげますよ」

マクダさんの肩に触れると筋肉でパンパンだった。しょっちゅう重い荷物を上げ下ろししているからだろう。

「だいぶこっていますね……」

スキルレベル一で揉み解していく。

「はぁー、すごく気持ちがいいねぇ。あと一五歳若かったら自分のヒモにしたいくらいだよ」

「そりゃあ光栄なお言葉で」

マクダさんはたくましくて生活力がありそうだもんな。ヒモの一人くらい余裕で養っていけそうだ。

酒保は危険が伴う分だけ稼ぎもいいのだ。特に前線の兵隊は他に楽しみも少ないので、ついつい色々買っていくそうだ。一番の売れ筋は当然酒だ。ザクセンスの軍隊ではあまり酒に厳しくない。これはザクセンスに限ったことではないようで敵国であるポルタンドでも事情は同じようだ。へべれけになるほど酔わなければ、多少の酒は許されている。

時間にして五分くらいだがマクダさんの肩を揉みほぐしてあげた。

「おかげで随分と軽くなったよ。こんなにスッキリしてるのはいつ以来だろうね」

「これくらいならお安い御用ですよ」

マクダさんとはもうすぐお別れだ。補給部隊は集積地で引き返すが、マクダさんとランメルツ助祭は最前線であるローマンブルクまで行くのだ。二人とも非戦闘員扱いで、敵兵に見つかっても危害を加えられることはない。だが、流れ矢や魔導砲の弾は非戦闘員にも容赦なく襲い掛かる。

「お礼にアクアビットでも飲むかい?」

アクアビットはザクセンスの焼酎だ。

「嬉しいけどやめときます。敵が来た時に上手く逃げられなくなりますから」

マクダさんはまじまじと俺の顔を見た。そして笑い出す。

「よく言うよ。アンタは絶対に逃げないタイプだ」

「そんなことないです。実戦経験はほとんどないですしね」

「いんや。アンタがあのご主人様をほったらかして逃げるわけないだろう」

マクダさんがチラリと少し離れた場所にいるクララ様に視線を送る。

「そりゃあまあ……」

「知ってるよ。伍長さんは警備隊ではアンスバッハ様の忠犬っていう仇名が付いていたそうじゃないか」

それ、たまに言われたんだよね。でも、言われるとちょっと嬉しかったりした……。

「確かにあれは男が命を賭けるに値する女だよ。だけどさぁ、所詮は身分違いの関係だろう？　もっと身近な女を作った方がいいんじゃないかい？」

「例えばマクダさんですか？」

冗談めかして聞いてみる。ぽかんとした顔をした後にマクダさんは大きな声で笑っていた。

「いやだよ伍長さんは。アタシは姪っ子を紹介しようと思っただけなんだけどね。なんだい、あたしを貰ってくれるのかい？」

俺は頭を掻くしかない。

「それは私の従者だ。コウタが欲しいなら私に話を通してもらわないと困るぞ」

しばらく前からマクダさんの後ろに来ていたクララ様が静かに微笑んでいた。クララ様の声にびっくりしたマクダさんは心臓を掴まれたような顔をしている。

「と、と、とんでもない！　あたしは死んだ亭主に操を立ててますからね。今更、他の男と暮らすなんて考えられませんよ」

「そうか。コウタも女が命を賭けるに値する男かもしれんぞ。……要らないのなら無理には勧めないが……」

命なんて賭けて欲しくない。俺はクララ様を「めっ！」という表情で見つめた。こちらの意図が通じたらしく、クララ様は軽く肩をすくめる。

「ほんの戯言《ざれごと》だ。そんなに怒るな」

「……そろそろ出立の時刻ですよ」

「うむ。全体に伝えてくれ」

去ってゆく二人の後ろ姿を見ながらマクダは呟いた。

「なんだい。相思相愛かい」

◆

集積地に着く少し前から「犬の鼻」は血の臭いを嗅ぎ分けていた。あそこには前線で負傷した兵士が集められていると聞いている。そういった負傷兵を王都まで運ぶのも俺たち補給部隊の仕事だ。ローマンブルクの方向からは魔導砲の音も間断的に響いていた。

小さな村の近所に建てられた砦が集積地の役割を果たしている。勝手に物流センターのような場所を想像していたのだがだいぶ違ったようだ。物資は砦の中に収められ、入りきらない兵員は外で天幕生活を送っている。とはいえ外の兵士たちもある程度の規模になった段階でローマンブルクへ派遣されるのだ。クララ様は基地の責任者に到着の報告へ、エマさんが積み荷の搬入作業の監督、俺は輸送する負傷兵の状態を聞きに軍医の元を訪ねた。

治療室が近づくほどに血の臭いが濃くなり、怪我人のうめき声が大きくなる。

「失礼します。ドレイスデン第一補給部隊のヒノハル伍長であります。ドレイスデンへ搬送する負傷兵について伺いに参りました」

「おう、ちょっと待っとれ！」

白髪の老軍医はこちらを振り向かずに患者に向き合っている。見れば助手二名に押さえつけられたその患者の右腕はなかった。包帯によりきつく傷口は結ばれているようだが、溢れる血が止まらない。兵士は口に棒きれのようなものを噛まされている。

「歯を食いしばれ」

軍医は真っ赤に焼けた鉄ごてを兵士の右腕の付け根にあてた。眼を背けたが肉の焼ける音と兵士のくぐもった絶叫は耳に入ってしまう。

「医療物資は持ってきたか？　……おい！　伍長に聞いとるんだぞ！」

あまりのことに言葉を失っていた。焼灼止血法《しょうしゃく》なんて物語の中でしか読んだことが無い。

「失礼しました。消毒用アルコール、包帯、傷薬、アヘンチンキ、などを荷馬車二台分運んできております」

「とりあえずは何とかなりそうだな。消毒をしておけ」

助手たちに指示を出して軍医はようやくこちらを向いた。俺は患者が気になって仕方がない。あれでは血は止まるかもしれないが火傷から感染症にかかってしまうと思う。

「次の怪我人を診なければならないから簡潔に済ますぞ。運んでもらいたい負傷兵の数は現時点で二三六人だ。そちらの馬車の数は？」

「三〇台です」

軍医は苦い顔をする。定員をかなりオーバーしているのだ。運べるのは一五〇人がいいところだろう。

「予備の馬が四頭いますので、荷馬車さえあれば多少の融通はききますが……」

「焼け石に水だな」

運べるのはせいぜいプラス十人といったところか。

「明日には第二部隊が到着する予定です」

「そちらを待つしかないか。だが、明日になれば新たな負傷兵が運ばれてくるのだがな」

遺り切れないといった顔で老医師は首を振った。

「回復魔法を使える神官はいないのですか？」

「アイツらは前線におる。ただし治療するのはもっぱら上級士官だけだし、魔力の関係から言っても一日に五人も治療すれば限界だろう？」

そうだったんだ。吉岡はエッバベルク村で領民相手にバンバン回復魔法を使っていた。だから、みんなあれくらい使えるのだと思っていたよ。ひょっとして俺も吉岡も保有魔力はこの世界の人間より多いのかもしれないな。そういえばこれまで魔力切れを起こしたことが無い。どれくらい自分に魔力があるのかもわからないな。

「搬送する負傷者はこちらで再度選ぶが、最低でも一八〇人は運んでもらうぞ。部隊の元気な者が歩けばそれくらいはいけるだろう」

俺たちが歩けば移動スピードは遅くなるが、それだけたくさんの負傷者を運べるか。だけど実際問題として王都までもつのか？　この世界の道は悪路だし馬車の性能もひどいものだ。あんなに揺れたらとんでもなく傷の負担になると思う。

これは少し考えを改めないといけないな。回復魔法を使うのは帰還兵のためにならないと思っていた。せっかく戦場から離れられるのに邪魔をしたら悪いと考えていたのだ。だけどドレイスデンに帰還を許されたのは重症の兵士ばかりだ。はっきり言ってしまえば大半の者は帰路の途中で死んでしまうだろう。だが、俺が回復魔法を使えば大騒ぎになり、ずっとこの場にとめ置かれて、回復をさせられることにもなりかねない。それは嫌だけど目の前で苦しんでいる人を助けられるのに、助けないというのも人としてどうかと思う。話を聞いただけなら目を塞ぎ耳を閉じればよかったのだが、彼らは目の前で苦しみ、痛みに泣き叫んでいる。こうなると無視もできない。

「クララ様、お願いがございます」

考えた末にクララ様に俺を召喚してもらうことにした。召喚獣として呼び出してもらい、兵士たちを治療後、元いた世界へ送還してもらうのだ。もちろんヒノハルとして召喚されるのではなく召喚獣ヒポクラテス（名前は適当）に偽装して呼び出してもらう。こうすれば俺の自由は保障され、クララ様の従者としてやっていけるはずだ。うまくいけばクララ様の出世にもつながる。とにかくクララ様から切り離される事態は避けたい。俺一人では回復に時間がかかりすぎるので吉岡にも協力をお願いしよう。


ポータルでアミダ商会に戻るとだいぶ改装が進んでいた。一階部分の扉や窓はガラス張りの大きなものに取り換えられ、店内がかなり明るくなっている。

「先輩、今度はどうしましたか？」

俺を見つけた吉岡がやって来る。事情を話して協力してもらうことにした。

「もうとにかく悲惨でさ、見過ごせない状況なんだよ」

「それじゃあ仕方がないですね。ただどんな格好の召喚獣にします？　偽装しないとダメでしょう」

「着ぐるみとか？」

サンチョ・パンサで動物の着ぐるみを売っているのを見たことがある。

「どうかなぁ……ふざけているとしか思われませんよ」

ダメか。

「じゃあ、もっとシンプルに目出し帽かぶって般若のお面をつけるってのはどうかな？」

般若のお面もサンチョ・パンサで売っていた。

「ザクセンス人から見たら般若のお面は結構インパクトありそうですね。時間もないしそれでいいか……」

ディテールにこだわる吉岡としては、もう少し工夫したいようだったが何とか妥協してくれたようだ。お面なら顔を見られることはないしね。


ポータルで砦に戻り、そのまま日本へ送還してもらった。すぐにタクシーを拾って行きつけのサンチョ・パンサに行ってもらう。売り場に入っていくと既に吉岡はお面を物色している最中だった。

「先輩、自分はこっちの狐面《きつねめん》にしますよ」

吉岡の持っているのは日本の伝統的な狐面だ。白い顔に赤い耳、金の眼をしている。

「俺が般若で吉岡が狐か。ちょっと怖くないか？」

「いいんじゃないですか。召喚獣という設定だし」

お面を二つ購入して、おもちゃ売り場にあったボイスチェンジャーも買った。マイクをお面の口の部分に張り付ければ、これで音声も変えられる。傷薬や包帯も売り場にあるだけ買っていった。軽症のものならこれで十分なはずだ。

買い物はスムーズに終わったので召喚の時間まであと四〇分も残ってしまった。

「ゲイリーにピザでも買っていってやるか。向こうの通りにドミノハットがあったよな」

「じゃあ自分はスターバッカスに行ってきます。リクエストは？」

「ついでだからフラペッチーノ全種類コンプリートで持って帰ろうぜ。クララ様に選ばせてあげたいから」

「もげろ」

セリフに似合わない爽やかな笑顔で吉岡は買い物に行ってしまった。「もげろ」はないだろう……。自分は高級なお店でいろんな女の子とゴニョゴニョしてるくせにさ。あ、最近はビアンカさんが住み込みだからそういうお店に行ってないのかもしれない。だからイライラしているのかな？

狭間の部屋でバラクラバ《目出し帽》とお面をかぶった。服装はユニフォームショップで買った白衣を着た。これで偽装は完了だ。白衣を着た般若ってシュールすぎるな……。ザクセンスに帰る前にスキルカードを引く。

スキル名　マジックボム
魔力を具現化して爆弾を作り出すことが出来る。
任意で十秒から一時間の幅で起爆させることが出来る。

なんか凄そうなのが出たが狭間の小部屋で実験することはできない。暫くはお預けだな。

「準備はいいかな？」

「オッケーです。それじゃあ医療活動にいきますか」

二人で青い扉をくぐった。


「我ら、盟約によりこの地に召喚されしヒポクラテス兄弟なり。召喚者よ、我に何を望む……」

このセリフも久しぶりだなぁ。あ、クララ様がぎょっとした顔をしている。大丈夫ですよ。ボイスチェンジャーで声は変わっていますが中身はコウタです。俺は大きく頷いて見せる。

「召喚獣ヒポクラテス兄弟よ、この地にいる負傷兵たちの治療を頼みたい」

「そなたの持つ魔力の三分の二を貰うが構わぬか？」

本当に魔力を貰うわけではない。こう言っておけば頻繁に呼び出されることはなくなるとふんだからだ。

「構わぬ故、傷ついた兵士たちを癒して欲しい」

「よかろう……」

みんな苦しそうだからさっさと治して楽にしてやろう。

「やるか弟よ……」

「おうよ兄者……」

こうして般若と狐の野戦病院は開院した。

召喚されたヒポクラテス兄弟《俺と吉岡》は重症患者から治療していくことにした。それにしても数が多い。負傷兵は三〇〇人を超えている。砦はどの部屋も負傷兵でいっぱいだったのだ。そりゃあ、軍医さんも大量にドレイスデンへ連れて行って欲しいと言いたくなるよな。

「兄者、部屋ごとに範囲魔法で治療するナリよ」

「わかったでござる。お主が最初に大まかな傷を癒していってくれ。その後にそれがしが個別に診ていくでござるよ」

恥ずかしいのだが吉岡の考えた設定に従って、この喋り方で通すことになっている。話し方の特徴で正体を見破られないようにするためだと言っていた。本当かな？　……吉岡に遊ばれているようにしか思えない。

「オン　コロコロ　センダリ　マトウギ　ソワカ……」

吉岡が何事かを呟くと、手から淡い緑色の光が溢れ出て部屋を包んだ。見る見るうちに患者の傷が塞がっていく。なんだ、その呪文は？　薬師如来様の真言？　なんで薬師如来だよ？　恰好いいから？　そうですか……。相変わらずの謎知識だ。

「オン　アビラウンケンソワカ……」

礼儀として俺も付き合っておくか……。

俺に手を握られている女性兵士が怯えた様な顔をしている。般若の面は怖いだろうけど、そんなに心配しなくても大丈夫だよ。なくなってしまった手の親指をちゃんと生やしてあげるからね。

神の指先《ゴッドフィンガー》を発動して精神も癒しながら欠損部位を再生していった。新たに生えてきた自分の親指を見て兵士がボロボロと涙を流している。未来を考えると不安だったんだろうね。

「血で汚れた顔を洗ったほうがいい。きっとスッキリする……でござるよ」

兵士は嬉しそうに頷き、外へ出て行った。出て行く前に服の裾にキスされてしまったぞ。これは高位聖職者に畏敬の念をあらわす行為らしい。

それにしてもシュールというか、カオスというか、よくわからん光景だ。イメージして欲しい。中世のような西洋の砦で、日本の般若と狐面が、真言を唱えながら、見た目西洋人を、魔法で治療してるんだぜ。メチャクチャだよ。だけど、ギャラリーたちはかなり盛り上がっている。もうダメだと諦めていた人たちが死の淵から次々と蘇っているのだ。戦友同士が抱き合い、上官は男泣きに泣き、恋人同士が諦めかけた未来をもう一度夢見ている。マクダさんの酒保も儲かっているに違いない。どこからか祝杯をあげる人々の声と酒の匂いが漂ってきていた。

三時間かけて全ての負傷兵を治した。さすがに体力と精神力の限界を感じるぞ。どうやら吉岡もそうらしい。おそらく魔力切れを起こしかけてるんじゃないかな。送還してもらったら狭間の小部屋で休憩しよう。ビールでも飲んでしばらく仮眠だ。

「感謝します、ヒポクラテス兄弟」

「うむ。クララ・アンスバッハも再びまみえるまで健勝であれ。これをそなたに遣わす」

サンチョ・パンサで買っておいた消毒薬と傷薬を渡しておいた。地球産の医薬品はこの世界で劇的に効くからきっと役に立つだろう。

「さらばナリ！」

「で、ござる……」


砦中の者が命の恩人を一目見送ろうと詰めかける中、ヒポクラテス兄弟は魔法陣の光と共に元いた世界へと送還された。命を助けられた者たちは二人の召喚獣に感謝の祈りをいつまでもささげるのだった。

その後、この地方ではぶつけたり怪我をした時に、患部をさすりながら「ヒポクラ　コロコロ」とか「ヒポクラ　ソワカ」というおまじないの言葉を唱える習慣ができたという話だ。


狭間の小部屋に戻った俺と吉岡は万年床の上にへたり込んだ。

「疲れた……」

「先輩、ビールを下さい……」

だるい身体に鞭を打って空間収納から缶ビールを出した。「乾杯」と声をかけるがお互いの缶をぶつけ合う気力もうなかった。

「とりあえず二時間ほど寝ますか」

「だな。目覚ましをセットしておくよ」

それぞれビールを一本ずつ空けて泥のように眠った。


目覚めてから日本に戻り、三〇分後には再召喚された。仮眠をとったので頭の中はクリアだ。

「人助けとはいえ、疲れたよな」

「そうですね。でも今回のことでクララ様は回復要員として前線に行かされるかもしれないですね」

「そうだな。事前の打ち合わせでもその可能性については話していたよ。ずっと前線に置かれるのは御免だから回避策は考えた」

「どうするんですか？」

「召喚に応じなきゃいいだけだろう」

数回くらいは召喚に応じて怪我人を治してやるが、初めから召喚される回数を決めておけばいいと思う。

「召喚されるのはあと五回くらいかな」

「ですね。それで結構な数の兵士を治療してやれば、戦局も改善されそうな気がします」

俺たちだけでなく召喚するクララ様の魔力の問題もある。これくらいが妥当だろう。

ザクセンスに帰る前にスキルカードを引いた。ヒポクラテス兄弟としての召喚が増えれば、スキルも一気に増えそうだな。

スキル名　ダンサー（中級）
世界中のダンス、舞踊、舞踏などを華麗に踊ることができる。
貴方の舞に星がざわめき、月がため息をこぼすでしょう。

ほほお……。これまでの人生で踊った経験なんてほとんどないぞ。

「中学校の時にフォークダンスを踊ったくらいだな」

「へえ、自分らの学校ではなかったですね」

え……？　あの嬉し恥ずかしの経験がないの？　女の子と手を繋げちゃうんだよ。ジェネレーションギャップを感じるわぁ……。


召喚されると、そこは見たこともない小さな個室だった。部屋にはクララ様一人が立っている。

「おかえり。二人ともよくやってくれた」

「ただいま戻りました。ここはどこですか？」

「砦の中の部屋だ。私の私室としてあてがわれた」

召喚のために魔力を使いすぎたという理由で今は休ませてもらっているそうだ。

「予想通り、私は前線に派遣されることになったぞ」

勇者ゲイリーの「魔信」で今回のことが前線司令部と本営に伝えられ、あり得ない程の早さで辞令が下りたそうだ。役職は「特別医療部隊大隊長」だそうだ。補給部隊はエマさんが部隊長代行となって任務を続行することになったそうだ。役職名は大隊長なのだが部下は副官の俺の他に分隊が二つだけになるそうだ。任務としてはヒポクラテスを呼び出して負傷兵を回復させるだけだからそれでいいのかもしれない。今後のことを話し合っているとドアがノックされてゲイリーが入ってきた。

「ヒノハル、ヨシオカ、どこへ行ってたの？　さっきまですごい召喚獣がいたんだよ」

ヒポクラテス兄弟が俺たちだって気が付いていないのか？　何が起こるかわからないから、とりあえずこのまま黙っておくことにしよう。

「ちょうど日本に帰ってたんだよ。お土産にドミノハットでピザを買ってきたよ」

「うおおおお!!」

「ラージサイズを六枚買ってきたから好きなのを選んでね」

怪我人がいなくなったことで砦中がお祭り騒ぎのようになっているらしい。俺たちがピザを食べていても文句は言われないだろう。ゲイリーが気を使ってマクダさんのところからワインの大びんを買ってきてくれた。そのまま飲むと酸っぱくてあまりおいしくないワインだ。

「コウタ、コーラを出してもらえるかな？」

ゲイリーに頼まれて二リットルのコーラを出してやる。そのまま飲むかと思ったらコーラとワインをハーフ&ハーフにしていた。

「こいつがカリモーチョさ！　美味しいから飲んでみな」

カクテルとも言えないような単純な飲み物だけど、味はとても良かった。飲みやすくてついついごくごく飲んでしまいそうだ。スペイン発祥の飲み物らしく、「貧乏人のサングリア」なんて呼ばれ方もするようだ。何はともあれクララ様の大隊長就任を祝って乾杯した。

「皆のことは僕が必ず守るよ。例え誰が相手でもね」

ピザを頬張りながらゲイリーが胸を叩いた。勇者がそばにいてくれるなら少しは安心かな。明日にはローマンブルクへ行かなければならない。向こうではこんなにゆっくりしていられないだろう。俺もゲイリーを見習ってピザを頬張り、カリモーチョでそれを流し込んだ。

「コウタ、スプレーチーズは？」

「ごめん、それはまだ買ってない」

なんて残念そうな顔をするんだろう！　そこまで食べたいのか？　ノーマルでもチーズは山ほど載っているぞ。

「ありがとう。なくても大丈夫だよ」

巨大な背中が少しだけ小さくなった気がした。

「気を落とすなよ……フラペッチーノとかアイスクリームも買ってきたから」

「スーパー！」

今泣いたヤンキーがもう笑っていた。

第6章

episode.06

A man with a thousand skills

砦でエマさんたちと別れてローマンブルクへやってきた。新たに編成された大隊と勇者ゲイリーがクララ様の護衛についている。兵士たちの二割くらいはクララ様の召喚で命を助けられているので士気はやたらと高い。クララ様は今や前線の重要人物となっている。数百人の傷ついた兵士を治療できる召喚獣を呼び出せるのだから当然だ。その代わり呼び出せるのはあと五回だけとしてある。軍のお偉いさんには、日月と星々の運行の関係上、召喚獣の力もそこまでしか及ばないという理屈で納得してもらった。それでも延べ二〇〇〇人以上の回復が見込めるのだから、かなりの恩恵を受けていると言える。

しかもヒポクラテス兄弟がもたらした医薬品は素晴らしい効果を発揮しており、重度の傷を癒せることが確認できた。これを使えば魔法を使わなくても対処できるので戦線に復帰できる兵士の数も増える。二重の意味でクララ様の株は上がっていた。クララ様の出世に伴い俺も曹長に階級が上がった。これで軍公認の副官になれた。

クララ様とゲイリーは前線の司令官であるアンカー将軍に出迎えられた。それくらい期待されているということだろう。

「砦での報告は聞いたぞアンスバッハ殿。早速だが君の力を借りたい」

着いて早々、召喚術を要請された。

「承知しました。準備に少々時間を下さい」

俺たちは早速治療に取り掛かった。怪我人の数は一〇〇〇人を軽く超えているようだ。その内、重症患者の数はおそらく五〇〇人以上。おそらくというのは誰も患者の正確な数を把握していないからだ。部下たちを走らせて情報収集に努めさせた。とりあえず重傷者がどこに何人いるかの把握だ。今朝は二分隊もいれば充分だと思ったが十人ではとてもも手が足りない。そもそもザクセンス王国には衛生兵がいないのだ。

「我ら、盟約によりこの地に召喚されしヒポクラテス兄弟なり。召喚者よ、我らに何を望む……」

いつもの般若と狐のお面をかぶりヒポクラテス兄弟がローマンブルクへと降臨した。

「ヒポクラテス兄弟よ、我が国の兵士たちの傷を癒してくれ」

「……よかろう。代償にこの男の身柄を預かるでござる。なに、殺しはしない。ちょっとした実験に付き合ってもらうだけでござるよ。くけけけけっ！」

不気味な笑い声を立てて俺は自分のダミーの頭を思いっきり叩いた。衝撃を受けたダミーは消えてしまったが、見ているものは般若面がどこかへ連れ去ったと勘違いしてくれたようだ。これで俺がヒポクラ兄《にい》やんとして活動している間にヒノハルがいなくても不審がられる心配はなくなった。

「兄者、拙者が怪我人を診るナリよ。兄者はこやつらの教育を頼むナリ」

「あい分かったでござる。主《ぬし》ら、それがしの話を聞くがよい」

ヨシオカは軍医を伴って出ていった。俺は分隊の人間を集めて簡易の講習会を開いた。テーマは衛生と応急手当だ。クララ様と十人の部下に向き合い説明を始めた。軽症患者は皆で手当てをしてもらわなければならないし、患者を運んでくるのもクララ様たちの役目だ。今回は衛生の重要性と方法、止血法、タンカの作り方の三つを教えておこう。

「よし、説明はこんな物だ。クララ・アンスバッハよ、魔法で湯を沸かし、更にそれを冷ますのだ。理由はわかるな？」

「はい。煮沸していない水には目に見えない生き物がたくさんいて、それが傷口を膿ませるからであります。故に水を熱してこれらの目に見えない生き物を殺し、後に冷ましてから傷口を洗うものであります！」

さすがはクララ様。ちゃんと理解したようだ。

「よろしい。道具や水を扱う前に自身の手をアルコールで洗うことも忘れるな。器具も全て煮沸洗浄するのでござるぞ」

傷薬やガーゼは大量に渡してある。各員の働きに期待するとしよう。一通りの説明を終えて吉岡と合流した。砦も悲惨だったがここの状況はもっと深刻だ。今も街を分断する壁を挟んで戦闘の真っ最中なのだ。ゲイリーもとっくに出撃している。

「兄者、傷は治したのだが心に深い傷を負ったものが多い。そちらを頼むナリ」

「承知つかまつったでござる」

俺と吉岡で次々と患者を治していく。前回よりも魔力が上がった気がするぞ!?

「怪我が治ったものは他の負傷兵の看護と搬送に務めるナリ！」

「クララ・アンスバッハ騎士爵に指示を仰ぐでござる！」

負傷者がたちまち元気になり仲間の面倒を、見だしたので医療活動はどんどんスムーズになっていった。俺たちは運ばれてくる重傷者を端から治療していく。


「そこをどかんか！」

大きな声がして騎士たちが数人、部屋の中に入ってきた。

「お前たちが召喚獣か。さっさと俺の友の傷を治せ！」

腕を切られた男に肩を貸している騎士が叫んだ。確かに重症ではあるがここにいる人間はもっとひどい怪我をしているものばかりだ。

「向こうで止血をしてもらい、薬を塗って貰うナリよ」

「状況をよく見るでござる」

吉岡は骨折して骨が肉から飛び出ている兵士の治療をしていたし、俺はフラッシュバックでガタガタ震えている女性兵士の背中をさすりながら肉体と精神に干渉中だ。この人は腹にも深い傷を負っている。背中をゆっくり撫でるとエンドルフィンが分泌されるんだって。エンドルフィンは多幸感をもたらす脳内麻薬の一つだ。俺の場合は神の指先《ゴッドフィンガー》を使って更に魔力を送りこんで癒しているんだけどね。そうだ、後でクララ様に背中を撫でてもらおうかな。頑張ってるご褒美に。それとも撫でてあげた方が喜ぶかな？　なんて考えてたら騎士たちがキレた。

「貴様……一般兵と我々を一緒にするなっ!!」

絵に描いた様な特権意識だな。革命が起こったら真っ先に殺されるタイプじゃないか。利己的な人間はどこにでもいるんだよね。俺たちが腹を立てて帰ってしまったらどうするんだろう？　将軍に怒られるぞ。怒られるくらいで済めばいいけど。

「そんなに急ぎなら神殿の治癒士に治してもらえばいいナリ」

吉岡もいい性格をしている。こいつらの身分じゃ診てもらえないのをわかってて言ってるんだから。

「偉い騎士様なら診てもらえるナリよ」

しかも追い打ちをかけてるし。

「くっ……」

そんなにイジメてやるなよ。

「もう少し待つでござる。ここにいる者は一刻を争う怪我をしておる」

ガタガタと音がして新たな怪我人が入って来た。

「こいつを診てやってくれ！　頼む、何だってするから!!」

全身から血を流している男が床の上に置かれた。

「よせ、レオはもう死んでいる」

別の男が悲しそうに呟く。

「そんなバカなことがあるか!!　レオが死ぬわけないんだ。あのレオが……」

顔面をくしゃくしゃにしながら男は膝から崩れ落ちた。レオという兵士は身動き一つせず、息もしてないように見える。なす術もなく静まり返る部屋に男の鳴き声だけが響いている。

「うん。まだ息があるでござるな」

神の指先《ゴッドフィンガー》は微々たるものながらも生命の波動を感じ取っていた。脳に損傷が無く、生命活動が完全に停止さえしていなければ何とかなる。

「戻ってくるでござる!!」

指先に魔力を込めた。ここのところ幾人もの患者を診ていたのでスキルのレベルが一気に上がっている。俺の治療速度も爆上げ状態だぞ。指先から金色の光が迸り患者を包んだ。


「こ、ここは」

「レオ……、レオォォォォ!!」

元気になった戦友を抱きしめて兵士が泣いている。

「治療が終わったらさっさと出ていくナリ。邪魔になるナリよ」

まだまだ患者は山のようにいるし、この後も次々と運ばれてくるだろう。

「皆も諦めずに倒れたものを連れて来るでござる。死んだように見えても助かる可能性はあるでござる」

休まずに手を動かしながら声をかける。騒いでいた騎士たちはいつの間にかいなくなっていた。

昼過ぎに吉岡の魔力が尽きた。俺もそろそろ限界だ。クララ様に一度送還してもらい、一分後に再召喚してもらうことにした。今は狭間の小部屋だ。ここで休憩をとって魔力の回復をはからないと後が続かない。時の狭間で一休みだ。

「前よりも魔力量が多くなった気がします」

大の字に横たわった吉岡が疲れた声を出している。

「あ、それは俺も感じたよ。神の指先《ゴッドフィンガー》のレベルも上がった気がするし」
魔力の枯渇で倦怠感が拭えない。体は疲れていないのに、何かをしようという意思が湧かないのだ。
「そういえばスキルカードは何が出ましたか？」
吉岡はぼんやりと天井を見上げたまま聞いてきた。今日は一日に二回も召喚されているのでスキルも二つ増えた。

スキル名　毒検知
手、箸、スプーン、フォーク、ナイフなどを使った瞬間に食べ物の中の毒を検知できる。
腐ったものも口の中に入れる前にわかってしまうぞ。

毒を盛られるようなあくどいことはしていないつもりだけど、これがあれば日々を安心して生きられるよね。パッシブスキルなのでいざという時に役立ってくれそうだ。

スキル名　薪割り名人
上手に薪割が出来る。
一般的な人の三倍のスピードで薪を積み上げろ！
ザクセンスならこのスキルだけで人気者になれるはず！

また、随分と生活密着型のスキルが出てきたな。俺は既に割ってある薪しか買ったことが無いんだよね。薪を割るための斧も持っていない。いつか役に立つこともあるのかな。

食事をしてから八時間ほど寝ることにした。魔力を満タンにしてからザクセンスに戻ろう。患者はまだまだたくさんいるのだ。

みんなは奇跡を信じるかい？　おっと、いきなりすまない。自己紹介が先だよな。ちょっとばかり興奮していてね、ついつい焦ってしまったようだ。俺の名前はレオ・シュライヒ、二二歳。ザクセンス王国軍の伍長だ。

俺は二日前まで最前線の兵士として働いていた。魔道砲の爆裂音が響く中を駆けずり回り、死と隣り合わせの生活を送っていたのさ。何度も何度も殺したり、殺されそうになったりね……。砲弾の嵐の中で自分の人生の選択を呪わない日はなかったよ。なんで兵士なんかになっちまったんだろうってね。こんな俺でも故郷の町では神童と呼ばれていたんだぜ。神殿で字を教えてもらえば誰よりも早く覚えることができたし、腕っぷしも同年代の子どもの中では一番だった。成人した俺は当然のように町を出たよ。長男じゃないから家を継ぐことはできない。婿に欲しいなんて人もいたけど、俺はドレイスデンでの生活に憧れていたんだ。俺みたいに才能のある男がこんな田舎で燻ってちゃいけないなんて考えたりしてね。いま思い返すと本当に恥ずかしいよ。ドジョウが自分のことをドラゴンと勘違いしていたレベルさ。

王都へ行った俺は下級文官と兵士の採用試験の二つを受験した。結果はどちらも合格だった。俺は兵士になることを選んだね。理由は簡単。兵士ならすぐに伍長にしてくれると言うし、月の給料は兵士の方が二八〇〇マルケス高かったのさ。……本当にそれだけの理由だった。そこから貯金をすれば妹に嫁入り道具の一つも買ってやれると思ったんだ。あいつは家族の中で誰よりも俺に懐いていたからな。ばかばかしい話だよ。戦で武功をあげて出世して、叩き上げでいつかは将軍になってやるなんて本気で考えていたんだぜ。だけどあの日、すべては魔道砲の光弾にバラバラに打ち砕かれた。

「こいつを診てやってくれ！　頼む、何だってするから!!」

「よせ、レオはもう死んでいる」

「そんなバカなことがあるか!!　レオが死ぬわけないんだ。あのレオが……」

遥か彼方から戦友たちの声が聞こえた気がした。だけど、もう何を喋っているのかはよくわからない。目の前は真っ暗で光はどこにもなく、俺はこのまま消えていくのだなということだけが理解できた。最後にもう一度だけ妹の顔が見たかった。ごめん、ロミー。

…………………………………………………………。

「うん。まだ息があるでござるな」

……………………………ござる？　その瞬間、消えかけていた生命の炎が温かい何かに包みこまれた気がした。

「戻ってくるでござる!!」

身体に魔力の奔流が押し込まれ、目を閉じていても眩しいほどに世界に光が溢れていく。気が付けば俺は戦友たちに抱きしめられていた。

以上が俺に起こった奇跡の一つさ。俺はクララ・アンスバッハ騎士爵が召喚したヒポクラテスという召喚獣によって命を助けられたのだ。

「治療が終わったらさっさと出ていくナリ。邪魔になるナリよ」

「皆も諦めずに倒れたものを連れて来るでござる。死んだように見えても助かる可能性はあるでござる」

死の淵から生還したてだというのに意識ははっきりしていた。だからヒポクラテス様方の言葉がすとんと腹の底に落ちていくように理解できた。そうだ、俺と同じように奇跡を受けるべき人間は周りに山ほどいた。

傷ついた仲間を運び、特別医療部隊の奴らに止血法というのを教わった。流れ出る血を少しでも止めてやれば生き延びる可能性は高まるそうだ。俺も見様見真似でやってみた。圧迫包帯法、血管指圧法、止血帯法、とにかく必死だった。

「なかなか手際がいいでござる。主《ぬし》は字を読めるか？」

角の生えた方のヒポクラテス様に声をかけられたのは日も暮れかけている頃だった。

「は、はい！　読めるであります！」

「ふむ。ではクララ・アンスバッハ殿の所へ行って旗下《きか》に加えてもらえ。ヒポ兄《にい》に命じられたと言えば大丈夫だ」

「ヒポニイ？」

「事務手続きはアンスバッハ殿がしてくれるはずだ。早く行け」

「はっ！」

　こうして俺は特別医療部隊へと転属になった。


　特別医療部隊が所有する医薬品の在庫リストを作ってヒノハル曹長の部屋へ向かった。隊長であるアンスバッハ様は厳しそうなお方なのだが、副官のヒノハル曹長は逆にとても穏やかな雰囲気の人で、軍人らしさがまったくない。背も高いし顔も悪くないのだが、身にまとう雰囲気は武官というよりも文官だ。あれで棒術の達人らしいので人は見かけによらないと思う。不条理なことばかり言ってくる上官が多いので部下としてはありがたい存在だ。

「失礼します」

　扉を開けるとコーヒーのいい香りが漂っていた。

「えーと、君は……」

「昨日から特別医療部隊に配属されたシュライヒ伍長であります」

「そうそう、ヒポクラテス様のご推薦だったね」

「はい。備品の在庫リストを持ってまいりました」

ヒノハル曹長は温かい笑顔で書類を受け取る。コーヒーの香りと曹長の笑顔で自分が戦場にいることを一瞬疑ってしまったほどだ。

「伍長も飲むかい？　カップは向こうの台の上にある。セルフサービスで頼むよ」

飲むかいってコーヒーのことだろうか？　いいのだろうか？　ワインよりも高価なものだぞ。

「砂糖とミルクポットもカップの所に置いてあるから自分で入れてね」

曹長は書類に目を向けたまま言葉を重ねた。ごくりと唾を飲み込んでしまう。恥ずかしい話だがコーヒーを飲んだことはこれまで一度もない。貴族たちが飲んでいるのを見たことがあるだけだ。どうするべきか……。

「シュライヒ伍長の報告書はいいな。大変に読みやすい」

誉められた！　こういうことで褒めてくれる上官は少ないから嬉しいな。

「ところで……コーヒーは嫌いだった？」

大きな愛玩犬のような表情でヒノハル曹長が首をかしげている。

「い、いえ、その……お恥ずかしい話ですが飲んだことがございません」

「そうか。じゃあ、甘いのは好きかい？」

「好きであります」

「だったらカフェオレの方がいいかな……」

曹長が手ずからコーヒーをカップに注ぎ、そこにミルクを足してくれた。

「とりあえず砂糖は一つ。もっと甘い方がよかったら自分で足してね」

目の前に置かれたカップからはなんともいい匂いが漂ってくる。

「いただきます……」

不思議な香りが鼻腔の奥に広がっていく。甘く華やいだ香りが胸を満たし、ほろ苦くも美味い液体に驚いた。

「美味い……」

「気に入ったなら良かった。ところでこれを見てくれ」

曹長が書類を一束こちらに渡してきた。これまで見たこともないようなものだ。

「それは私の友人が書いた応急手当のマニュアルなんだ。どうだろう、シュライヒ伍長はそれを読んで理解できるかね？」

なんだこれは？　当然ながら文字は読める。問題はその隣に描かれている絵だった。三頭身ほどの少女が二人描かれていた。片方の少女はエルフか？　エルフの近くから袋が飛び出ており、その袋の中に文字が書き込んであった。

「そうか、これらの説明はこのエルフが話しているという表現ですね」

「その通りだ。わかってくれたか」

ヒノハル曹長は安心したように息をついた。改めて内容を読み直した。

――私はエルフのディードリット。これから私と一緒に応急処置について学んでいきましょう。

――私の名前はアーチェだよ。応急手当なんかしたことないけど、私にできるか心配だなぁ……

――大丈夫ですよアーチェさん。このマニュアルに沿って理解を進めていけば貴方もきっと立派な衛生兵になれるでしょう。……残念と呼ばれる貴女でも……たぶん。

――あーん、ひどいですぅ、ディードリットさん！

「なるほど。対話形式の応急手当マニュアルというわけですか」

最初に見たときは奇異に感じたが、じっさい読んでみるとてもわかりやすい。続きを読もうとしたら突然ドアがノックされて思いもよらない人物が入って来た。

「コウタ、遊びに来たよ」

俺は思わず立ち上がり直立不動の姿勢になる。現れたのはなんと勇者ゲイリーだった。ローマンブルクの最高司令官であるアンカー将軍でさえ敬意を払うお人だ。

「おかえりゲイリー、怪我はない？」

「うん。僕は回復魔法を使えないけど自己治癒力はすごいから……って、それはなんだい⁉」

見せてくれと頼まれて勇者ゲイリーにマニュアルを手渡す。

「すごく可愛いキャラじゃないか！　これは？」

「ヨシオカが書いた応急手当マニュアルだよ」

「アキトの作品か！　どうりで……。コウタ、これを僕にも一冊おくれよ」

「即売会の薄い本じゃなくて、衛生兵のマニュアルだぜ」

「じゃあ数が足りないか……」

偉大なる勇者様が肩を落として悲しんでいた。それほどまでに貴重な本なのか！

「電子データをやるから落ち込むなよ」

「Ｙｅｅｅｅｙ！」

なんだこの奇声は!?　よくわからないが勇者ゲイリーはこのような絵がお好きなようだ。他にもないのかと、しつこくヒノハル曹長に聞いていた。それにしても、お二人は随分と打ち解けた様子だが、大貴族と同じ待遇の勇者様が下士官とどういうつながりがあるのだろう？

「ゲイリーもコーヒー飲む？」

「コウタのコーヒーは濃すぎるからなぁ」

「えー、アメリカのコーヒーが薄すぎるんだよ」

ヒノハル曹長なら質問をしても怒られないかな。

「あの、お二人はどういったご関係ですか？」

聞いてみると同時に“友達だよ”という答えが返ってきた。……勇者にだって友人の一人や二人いてもおかしくないとは思う。ひょっとすると俺の新しい上官は見かけによらず、実はすごい人なのかもしれない。


本日の取得スキル。

スキル名　乗馬（中級）
一般的な騎馬民族くらいに馬を乗りこなすことができるぞ。
裸馬だって乗りこなしちゃえ。
草原を風になって走ろう！

スキル名　鍵開け（アンロック）
悪用厳禁。
ナンバー式のロックも外せます。

王都ドレイスデン、グローセル地区。ここにグローセルの聖女と謡われるツェベライ伯爵の娘ユリアーナが住んでいた。誰にでも等しく手を差し伸べる慈愛の心、万人に愛される美しい容姿。これらをもって人々はユリアーナを聖女と呼んだ。これまでユリアーナは三日とおかずに社会奉仕活動に精を出していた。それは炊き出しであったり、兵士への慰問であったり、貧しい子供たちを救うための基金を集めるチャリティーパーティーだったりと多岐にわたっていた。ところがこの十日間、それらの活動がぴたりと止んでいるのだ。噂では聖女が体調を崩しているということだった。

屋外は気持ちのよい朝を迎えているというのに、ユリアーナの寝室はカーテンが閉め切られたままで薄暗かった。ユリアーナ付きのメイドであるカリーナはお嬢様を起こすべく寝室へと入った。既に起床している気配はあるのだが、まだベッドの中にいるらしい。ヒノハルが戦場へ旅立ってからこちら、ずっとこの調子で部屋に引きこもっているのだ。耳をすませばベッドのシーツの下からユリアーナのはしゃいだ声が聞こえてきた。

「もう起きなければなりませんよヒノハルさん。それともこちらに朝食を運びますか？」

「――」

「うふふ、甘えん坊さんなのですね。もう。いいですわ、ぜんぶ私がして差し上げますから、ヒノハルさんはそのままでいて下さいましね」

「――」

「またそんなところを触って……あんっ」

ユリアーナが話しかけているのは日野春公太の軍服である。断罪盗賊団の精鋭が王都警備隊南駐屯所から盗み出してきたものだ。ユリアーナはこの軍服と共に床に入り、恋人同士の痴態を夢想している。

「はぁ……。ヒノハルさん、私のそばにいれば安全ですからね。私に全てを任せて下されればいいのです。んっ……」

切なげな喘ぎ声を挟みながらユリアーナは言葉を繋いだ。

「だいたい警備隊などというところにいるからいけないのですよ。この屋敷に、この部屋にいて下されば危険なことなど何もないのです。ずっと……私のそば……に、いいっ……」

昨日、ユリアーナは第一補給部隊帰還の報を聞き、城門まで部隊を迎えに出ている。だが、肝心のヒノハルはそこにおらず、帰ってきたのは副官のエマ・ペーテルゼンだけであった。

「……そもそもヒノハルさんを危険な前線に送るという行為が間違っているのですよ。はうっ……。最初は補給部隊と聞いていたから、私も渋々ながらお認めしました。でも、実際は最前線のローマンブルクへの駐留……。こんなことなら拉致監禁してでも貴方をお守りすべきでしたね。もし貴方になにかあったら……。まったく、軍部の無能どもがあっ!!！」

激昂して起き上がったユリアーナの体からはらりと軍服が落ち、大きな胸があらわになった。

「お嬢様、そろそろご起床されてはいかがですか？」

普段通りにカリーナは声をかけた。

「そうね……もう少しだったけど、軍部の馬鹿どもの顔が脳裏に浮かんだら冷めてしまいましたわ」

「お可哀想なお嬢様。ヒノハル様が心配で集中が出来なかったのですね」

「もう大丈夫よ」

さきほどまでの感情の逆りが嘘のようにユリアーナは落ち着いた声で答えた。

「今日はヒノハル様にお手紙をお出しになるんでしょう？　お手紙だけでは寂しいから何か他のものも入れなくてはなりませんね」

「そうでした！」

小さく叫んでユリアーナはベッドのわきへ降り立った。

「カリーナ、支度をします」

常軌を少しだけ逸した聖女の、新たな一日が始まろうとしていた。

◆

クララ様がヒポクラテス兄弟を召喚できるのは五回までという取り決めだった。だけどこのままいけば五回目は来ないで済みそうだ。昨夕、ポルタンド王国軍は全軍に撤退命令を下した。ザクセンス軍は国境地帯までこれを追撃し、ついに戦線をナイセル川まで押し戻している。つまり元の状態に戻ったということだ。両国ともおびただしい犠牲を出しながら、得るものは何もないという虚しい結果に終わったわけだ。


「どうやら休戦協定が交わされるようだ。外交官たちは既にドレイスデンを出発している」

会議から戻ったクララ様が今後の想定を教えてくれた。

「特別医療部隊はどうなりますか？」

「おそらくは解散だな。あれはヒポクラテス兄弟の召喚と医薬品を前提とした部隊だ。継続的に召喚できないとなれば存続は無理だ。それともコウタは戦場に残りたいのか？」

「滅相もない」

これ以上こんなところに留まるのは嫌だ。救えない命はいくらでもあり、悲しみと憎しみと狂乱が濃密な空気になっているようなこの場所からは一刻も早く逃げ出したかった。ただ、衛生兵の導入に関しては一考の余地があると思うんだよね。

「衛生兵については私も導入を具申しておいた。後は上層部が決めることだ」

出来るなら一人でも多くの兵士の命が助かって欲しい。


「失礼します。ヒノハル曹長にお手紙をお持ちしました」

シュナイダー伍長が入ってきて封筒を手渡してくれた。送り主はカミル・ホイベルガー？　だれだっけ。しばらく考えてようやく名前の主に思い当たる。たしかユリアーナ・ツェベライの護衛騎士リーダーだ。俺の麻痺魔法をくらっておしっこを漏らしちゃった人だな。あいつが俺に何の用だろう？　リベンジマッチの申し込みだろうか。中身を開いてみると更に封筒があり、その筆跡には見覚えがあった。本当の差出人はユリアーナか。わざわざホイベルガーの名前を使ったのは偽装工作のためのようだ。何を言ってよこしてきたのやら。

「ありがとうシュナイダー伍長。もう下がってもらって構わない」

「はっ」

シュナイダー伍長が部屋を出てから聖女からの手紙を取り出した。

「ユリアーナ・ツェベライ嬢からです」

「ほお……」

クララ様の目がすっと細くなる。

「邪魔なようなら私は退室しておこうか?」

「それには及びませんよ」

ユリアーナからの手紙をわざわざクララ様に読ませる気はないが、俺にやましい所はない。その場で封を開けた。手紙を引っ張り出すと何かがはらりとテーブルに落ちた。これは……髪の毛? 長い金髪がクルクルと巻かれ、水色の絹のリボンでとめてある。……えーと。なんか短くて縮れている毛が混じっている。これも金色だ。ゴミが混じっていたのかなぁ……。アイツのことだから絶対にむしって入れたんだとはわかっているが……。

「……はぁ」

ため息でもつかなくてはやっていられない。

「ツェベライ殿は本気のようだな……」

「はぁ?」

思わず間の抜けた返事を返してしまう。

「知らんのか? 乙女の恥毛《ちもう》は守護のお守りなのだ。……戦場に旅立つ想い人に送ると言われている」

ああ、そう言えば日本にもそんな風習があったと何かで読んだな。戦国武将が奥さんの毛とか春画を持参したとか、戦時中に徴兵された兵士が恋人の毛を戦地に持っていったとかいう話だ。性器崇拝の名残とか、「タマ(玉と弾)にあたらない」という語呂合わせなんて説もある。ばったばったと人が死ぬ戦場ではそんなものにでさえ頼りたくなるのかもしれない。でも俺にとっては全然ありがたくないぞ。興奮もしないし……。手紙は俺の身を案じている文面から始まり、自分がいかに俺を愛しているかを切々と書き連ねてあった。俺ははっきりと「アンタなんか大嫌いだ」と告げたはずなんだけどな……。

「これはこのまま送り返しますよ」

水色のリボンをつまんで封筒に戻す。

「コウタ」

意を決したようにクララ様が俺の目を見つめてくる。

「どうされました？」

「コウタが必要だというのなら、その……私の――」

「結構です！」

部屋が気まずい沈黙に包まれた。これはヤバい。フォローしておかなければ。

「私はいつだってクララ様のおそばを離れません。だからそういったものは必要ないのです」

「そうか……」

もらっても困るプレゼントってあるよね。例えそれが愛する人からの贈り物であってもさ。大体どうしろっていうんだよ？　ポケットに入れておいても邪魔だろう？

ローマンブルクの西方に日が沈もうとしていた。今日の夕日はやけに目に染みるなぁ……。ドレイスデンへ帰れるのは嬉しいのだが、ユリアーナとの物理的距離が近くなることを考えるとげんなりしてしまう。とはいえ、彼女も貴族の娘なのだからそろそろ婚姻の話も出てくるだろう。そうなれば自分とは距離を置くはずだ。

その時の俺は聖女の本質をまだ理解できておらず、随分と脇の甘い考えでいた。そんな危機感のなさが後の不幸を生むとも知らずに。

だが我が身に降りかかる恐ろしい事態はもう少し先の話になる。

◆

ザクセンス王国とポルタンド王国との間に三年間の休戦協定が結ばれた。ザクセンスとしてはこの間にローマンブルクの街を復興し、国境の防備を固めなくてはならない。

戦争の終結に伴い俺とクララ様は無事にドレイスデンへと戻れることになった。このたびの戦功でクララ様は男爵に昇爵されて新しい領地をいただくことになっている。そうなれば俺も男爵の権限により騎士に任命してもらうことができるそうだ。だけど、これだと陪臣になってしまうのでクララ様との婚姻はできない。やっぱり商売で儲けて金で爵位を買うか、武芸大会でそれなりの順位にでもならなければだめだな。

特別医療部隊は解体された。だけど、レオ・シュナイダー伍長は裏で手をまわしてクララ様お付きの下士官にしてもらうことができた。レオは文武共に有能で優秀な人材だったからヘッドハンティングしたのだ。クララ様は王都警備隊ではなく近衛連隊への編入が決まっているのだが、レオはそこでも役に立ってくれると思う。もちろん引き抜きをする前にいくつかのテストはしている。


「レオ、これから言うことに正直に答えてくれ」

そう言って、スキル「虚実の判定」をアクティブにする。

「戦争以外で人を殺した経験はあるかい?」

「ないです」

「金品を盗んだり強奪したことは?」

「ありません」

「女を犯したことはあるかい?」

「ないです」

「男を犯したことは?」

「ないです。男はちょっと……」

どうやら「殺す」「盗む」「強姦」の三悪は犯していないようだ。

「じゃあ、俺やクララ様のことはどう思う」

「アンスバッハ様は公正な方だと思います。貴族にしては珍しく自分を厳しく律している印象がありますね。でも正直に言えばちょっと怖いです」

レオからはそう見えるのか? 可愛いところも多分にあるのだが……。いや、俺にとってはむしろ可愛さの権化《ごんげ》だぞ。

「曹長のことは今更じゃないですか。上官として尊敬していますし、信頼できる人だとも思っていますよ」

数日だが一緒に仕事をして濃密な時間を共有しているお陰かな。レオの言葉に偽りはなかった。

「ありがとう。そこでなんだが、クララ様と共にドレイスデンへ行ってみないか？」

おそらくこのままだとレオはローマンブルク駐留部隊としてここに残ることになるだろう。古参兵としてそれなりの役職に就けるかもしれない。戦闘もしばらくはなさそうだし、期限付きとはいえ安全でそこそこの収入が約束されている。元からあまり期待はしていなかったが、男爵となるクララ様には有能な部下が必要なのだ。領地もエッバベルクと隣接する場所ではなく飛び地になるだろう。ポータルで行き来はできるが信頼のおける部下を常駐させたいのだ。

「俺はヒポクラテス様に命を救われました。ヒポクラテス様を召喚されたアンスバッハ様にも恩義を感じています。その恩を返すというのもあるのですが、それ以上に新男爵の下で自分の力量を試せるというのはわくわくしますね」

兵士でいれば平民出ではよほどの英雄でなければ中隊長が限界だろう。だが、新興貴族の下で能力が認められれば騎士の位を授かることも可能だ。

「ぜひ私をお供に加えて下さい」

ここにレオ・シュナイダーが新たな仲間としてクララ陣営に加わった。これで正式な臣下は日野春公太、吉岡秋人《あきと》、フィーネ、レオ・シュナイダーの四人となった。

夜、クララ様の部屋で今後の予定を話し合った。

「やはりレオにポータルを見せるのはまだ早いか？」

「はい。信用していないわけではありませんが時期尚早かと」

レオに能力を開示していくのはもう少し時間をおいてからだな。当面は急ぎの用事もない。二週間後にクララ様の男爵叙任の儀が控えているくらいだ。

「本当は王都までの旅を二人で楽しみたかったのだが……」

クララ様がわずかに身体を預けてくる。レオがいなかったらのんびりと二人旅の予定だったもんな。ここのところ緊張の続く毎日だったから、旅の間は思いっきりクララ様を甘やかしてあげたかった。

「お疲れではありませんか？」

「これくらいのことでは疲れんよ」

クララ様は本当にタフだから、実際のところはあまり疲れてないのだろう。

「私としましてはもう少し頼っていただいた方が嬉しいのですが」

「えっ？　そ、そうか……。だが疲れているのはコウタの方じゃないのか？」

そう言ってクララ様は俺の頭を抱き寄せる。本当のことを言うと疲れはほとんどない。数千人の患者を治療しているうちに神の指先《ゴッドフィンガー》がまた進化して、ついに自分へのマッサージが可能になったのだ。

これはヤバいわ。自分で自分に疲労回復のマッサージをかけてみたけど意識が飛びそうになるくらい気持ちが良かった。だけど今こうしてクララ様に抱き寄せられていると神の指先《ゴッドフィンガー》では得られない充足感が心を満たしていく。癒されているって実感できるんだよね。こんな風に頭を撫でられていると、このまま犬になってしまってもいいような気持ちすらしてくる。

「クララ様」

「どうした？」

「幸せです」

少し痛いくらいにギュッとされた。

◆

いよいよ明日はドレイスデンに向けて出発という日になってゲイリーが俺の部屋を訪ねてきた。遊びに来るのはいつものことなのだが今日は普段と雰囲気が違う。

「どうしたんだよ、なんか悩みか？」

「うん……。実はコウタに頼みがあるんだ」

ゲイリーとは既に仲良くなっているし、俺たちのことをいろいろ気にかけてくれている。できることなら何でも頼まれるつもりだがどうしたのだろう？

「地球に残してきたママのことを見に行ってもらいたいんだ」

この世界には地球への未練が少ないものでなければ召喚することはできない。ゲイリーもアメリカでの生活にはほとんど未練がなく、ザクセンスでの生活と自分の能力を楽しんでいる。それでも残された肉親のことは気になるようだ。

「ママは妹と二人でユタ州のソルトレイクシティに住んでいるんだ。僕は急にいなくなってしまったから心配していると思うんだよね。それに……パパはもういないから決して裕福じゃない」

お母さんは五三歳でガス会社の事務員をしているそうだ。妹は看護師の勉強をしている最中だという。

「コウタさえよかったら様子を見に行ってもらって、僕からだと言ってお金を渡してきて欲しいんだ」

アメリカは遠いけどゲイリーの気持ちはよくわかる。

「それくらいどうってことないよ。すぐに行ってきてやるさ」

「ありがとうコウタ！　これで安心できるよ」

だけど突然俺が訪ねて行っても変な日本人扱いされないか？　下手したら通報されてしまうぞ。

「手紙にしろ現金にしろ、本当にゲイリーからのものだと証明しなきゃダメじゃないか？」

「確かに。特に妹は疑り深い性格をしているからなぁ……」

いろいろ考えて二人一緒にビデオレターを撮影することにした。スマートフォンを使えばいいもんね。

「ママ、シンディー、久しぶり。ゲイリーだよ。僕は今ものすごく遠い場所にいるんだ――」

ゲイリーは照れたような表情でカメラに向かって喋り続けた。どうやら異世界転移という真実は伏せておくつもりらしい。そんなことを言ったら気が狂ったと思われるかもしれないもんね。

「――というわけで友達のコウタに三〇万ドルを託すよ。ママの生活費とシンディーの学費に使ってくれればいい。あとコウタに僕のコレクションを渡してくれ。あれは必要なものだからね。まさか、捨ててないよね？　もし捨てていたら次の仕送りはずっと先にするよ！　ははは、冗談さ。もうないのならそれでいい。そのことをコウタに話してくれ」

コレクションとは漫画や雑誌にフィギュアのことだ。ゲームの詰まったハードディスクとノートパソコンも頼まれている。

「ママ、体に気をつけてね。甘いものとお酒は控えめに。シンディーはまだバートンと付き合っているの？　うまくいくことを祈っているよ。それじゃあ」

ゲイリーは軽く手をあげて別れの挨拶をしめた。


「こんなもんかな？」

「ああ。これで俺も不審者扱いされないで済むと思うよ」

「ありがとうコウタ。悪いけどこの金をドルに両替してママに渡してくれ。それからこっちはコウタの旅費ね」

おいおい、大金貨じゃないか。旅費だけで三〇〇万マルケスもあるぞ。

「多すぎだぞ。いくらアメリカでもここまではかからないって」

「ファーストクラスでも使ってよ。せめてもの感謝の気持ちだから」

人生初ファーストクラスだな。新婚旅行の時はビジネスクラスだった。あの時はイタリアに行ったんだよなぁ。久しぶりに絵美のことを思い出したが心の痛みはほとんど伴わなかった。こうして時間は流れていくということか。

「こんなに貰って申し訳ない気分だよ。そうだ、お土産に最新のゲーミングパソコンとゲームを仕入れてこようか？」

ＰＣゲームのダウンロード販売をしているストームでいくつか落としてきてやるとしよう。

「オゥ！　親友《バディ》よ！」

わかったから泣くな！

「どんなのが欲しい？」

「ジャンルは恋愛ＳＬＧとローグライク系とアクション系、あとＲＰＧも欲しいかな」

ＲＰＧって、君はもう本物の勇者になっただろう？　今更だぞ。

「チョイスはアキトに任せるよ。きっと僕にベストな恋愛ＳＬＧを選んでくれるはず」

もう、何も言うまい。

「好きなだけ買ってきてあげるけど、時間は大丈夫なのか？　勇者の仕事は忙しいだろう？」

「平気、平気！　この体だったら二四時間遊んでいても大丈夫！」

勇者の能力の使い方として、それはどうなんだ？

「まったく、この世界にソーシャルゲームがなくてよかったよ。ゲイリーなら課金しまくって破産しているかもしれないぞ。もっともお金は腐るほど持っているか。たとえそうにしたって廃人にはなっていそうだけど……」

「ソシャゲ……やりたい……」

吉岡に所有キャラを自慢されてから、ゲイリーのソシャゲに対する思慕の念は募るばかりらしい。吉岡もこっちで儲けてから三〇〇連ガチャが当たり前になっているからな。最近では少し飽きたとのたまわっている。

「どうしてこの世界にはネットがないんだろう!?」

その代わり魔法があるじゃないか。

「ああ、日本に帰りたい！」

アンタ、アメリカ人だろうがっ！

「そう、落ち込むなよ……。おっ！　ひょっとしてゲイリーの『魔信』スキルが上がれば地球のネットにアクセスできるかもよ」

「っ!!」

軽い気持ちで慰めただけなのだが、ゲイリーは本気にしてしまった。俺の何気ない一言がゲイリーの中央魔信塔計画を進めてしまう。数年後、この計画は国家プロジェクトとして予算が承認され、ザクセンス城壁内に高さ一〇〇メートルを超える超高層通信塔の建設が始まる。表向きはザクセンス王国の魔信網を安定させるためのプロジェクトであったが、最初の目的はソシャゲでしかない。

「僕、自分のスキルを鍛えまくるよ。これまでは軽い気持ちでスキルを使って来たけど、これから作る魔信機はクオリティーをもっと上げてみる」

「お、おう……」

その日の夜には、ゲイリーの作り上げた新しい魔信機が俺の元へもたらされた。『ゲイリーＥＸ Ｐｒｏ』と名付けられた機体は従来の物よりノイズが少なく、通信距離も伸びているそうだ。見た感じはピカピカに磨かれたアルミの板みたいだ。ボタンやタッチパネルもなく、魔力だけで操作する。

「それは、公太へのプレゼントだよ」

この世界でのスマートフォンを手に入れたようなものだな。ありがたく使わせてもらうとしよう。

それにしても、本当に『魔信』で地球と通信ができるのだろうか？　ゲイリーはその気になっているけど……。深く考えるのはやめておいた。俺が同行できる問題じゃない。ダメなときはダメなときで、また違うもので慰めてやるさ。


ドレイスデンに到着したらクララ様からアメリカへ行くための休みをもらわなければならないな。

俺が送還されるということは吉岡もあちらの世界へ帰ることになるから、吉岡にも早めに事情を話しておいた方がいいだろう。アイツもアメリカに行きたがるかな？　三〇〇万円あれば二人でファーストクラスに乗っても余裕か。俺たちがいない間のアミダ商会のこともある。俺は地球での長期滞在を念頭にいろいろと考えを巡らせた。

《了》

あとがき

感無量であります！　よく、ラノベ作家には二巻の壁が行く手を阻み、それを越えれば三巻の壁が立ち塞がるなどと言われます。しかし、ついに私はやりました！　そう、三巻の壁を越えたのです。これもひとえに本を購入してくださった皆様、私を使ってくださった一二三書房と編集さんのおかげです。ありがとうございました！　このご恩はこれからも楽しい小説を書き続けていくことで返していきたいと考えておりますので、今後とも長野文三郎をよろしくお願いいたします（ちゃっかり自己アピール）。

おかげさまで「千のスキルを持つ男」のコミックも二巻まで出していただいているのですが、自分の小説が漫画になるというのは不思議な感覚ですね。生みの親である私の想像の範囲を超えてビジュアル化されるわけで、そこには新鮮な驚きと感動があります。モブの表情、背景となる町並み、魔法のエフェクトなどがいい例ではないでしょうか。作家は文章のリズムをとるか詳細な描写を採用するかで常に取捨選択を迫られます。結果として多くの部分を捨てざるを得ません。ところがこれが漫画になった途端、一コマの絵の中に作家の捨てた描写が甦るわけです。それも私の想像を超えてです。これは漫画にとって大きなアドバンテージでしょう。一コマの中に様々なエッセンスを凝縮することができるのですから。逆にフォーカスしたいことだけを描いて強調することもできますしね。

もちろん小説には小説の良さがあります。それはやはり目に見えない物を描くことではないでしょうか。たとえば心情の吐露や物事に対する考え方などがそれにあたると思います。世界や抽象的な思考を概念化することこそテキストの持つ強みなのでしょう。つまり何が言いたいかといいますとね……両方読んで下さい！　と、こうなるわけです。ぜひぜひ漫画の方もよろしくお願いいたします。

「千のスキルを持つ男」を書き始めて三回目の春が巡ってきました。年ごとに違いはあれど、春はいいものです。雪解けの水音、薄曇りの下に映える花々、頬杖で聞く遠雷、そして三巻の発売。またこのあとがきで皆様にお会いできればと切に願っております。越えられるか四巻の壁!?　めぐる季節が私たちを再開の場へと導いてくれると信じております。

最後になりましたが、ここまで読んでくださった読者の方々へもう一度ありがとうと言わせてください。私たちが一つの物語を共有できた喜びと感謝をこめて。

長野文三郎

呼び出した
Yobidashita Shokanjyu Ga
召喚獣が
Tsuyosugiru Ken
強すぎる件
Written by しのこ
Illustration by 茶円ちゃあ
召喚《サモン》したのは
最強の相棒!!
レア召喚獣と始めるVRライフ!
絆の力で世界を駆け抜けろ!
第1位
「小説家になろう」
VRジャンル 四半期ランキング
(2018年11月7日付)
©Shinoko

叛逆のヴァロウ
Vallow of Rebellion
Written by Nobeno Masayuki
延野正行
画 村カルキ
上級貴族に謀殺された軍師は魔王の副官に転生し、復讐を誓う
「小説家になろう」発
最強軍師によるファンタジー戦記!
この戦い…
すべて俺の手の平の上だ!!
コミックポルカにてコミカライズ企画進行中
©NOBENO MASAYUKI

魔物が仲間!?な
転生賢者の
ほんわか時々
シリアスな
冒険譚!
魔物を従える"帝印"を持つ転生賢者
～かつての魔法と従魔でひっそり最強の冒険者になる～
苗原一
Illustration BBBOX
Written by Naeharahajime
Illustration by BBBOX
1～3巻大好評発売中!
サーガフォレストは毎月15日頃発売!!
©Hajime Naehara

宮廷魔法師クビになったんで、田舎に帰って
Rui Sekai
世界るい
illustration だぶ竜
2
魔法科の先生になります
I was fired from a court wizard so I am going to become a rural magical teacher.
魔法科教師、
王都に帰還《かえ》る。
コミックガンマ
コミカライズ決定!!
伝説の三傑揃い踏み！ 落ちこぼれ魔クラスの校外学習は波乱の予感！?

千のスキルを持つ男
漫画：しぶや大根　原作：長野文三郎
1～2巻好評発売中！
レベル1の最強賢者
漫画：かん奈　原作：木塚麻弥
好評連載中！
©Daicon Shibuya ©Bunzaburou Nagano ©Yuruka Morisaki ©sumie
©KANNA ©Maya Kizuka ©Murataten ©Monika Kanam ©SANKYO ©HIFUMI SHOBO

隣の席の佐藤さん
漫画：sumie　原作：森崎緩
1～2巻好評発売中！
藤倉君のニセ彼女
漫画：かなめもにか　原作：村田天
好評連載中！
コミックポルカ
COMICPOLCA
話題のコミカライズ作品を続々掲載中！
毎週日曜更新
公式サイト
https://polca.123hon.com
Twitter
https://twitter.com/comic_polca
コミックポルカ
検索

千のスキルを持つ男
異世界で召喚獣はじめました！3

発　行
2020年5月28日　初版第一刷発行

著　者
長野文三郎

発行人
長谷川　洋

発行・発売
株式会社一二三書房
〒101-0003　東京都千代田区一ツ橋2-4-3 光文恒産ビル
03-3265-1881

デザイン
erika

印　刷
中央精版印刷株式会社

作品の感想、ファンレターをお待ちしております。
〒101-0003　東京都千代田区一ツ橋2-4-3 光文恒産ビル
株式会社一二三書房
長野文三郎 先生／新堂アラタ 先生

Printed in japan, ISBN 978-4-89199-588-1

※本書は小説投稿サイト「小説家になろう」（http://syosetu.com/）に
掲載された作品を加筆修正し書籍化したものです。